曾經的年代

歐陽明 著

目錄

【導讀】

一個台灣人在沙烏地阿拉伯……

——讀歐陽明的《曾經的年代》

楊照

《曾經的年代》小說中的主要事件，發生在一九七八年。那正是「鄉土文學論戰」在台灣熱鬧沸騰的時候。「鄉土文學」揭櫫寫實主義的信念，主張文學應該反映現實，文學有著一份基本的社會道德責任，不能淪於空想夢幻或自言自語。而「鄉土文學」進一步將這份寫實主義的信念，實踐在對於台灣農村現實的描述上，透過文學讓社會看到農村的殘破、傳統的失落，以及底層人民的辛勤與痛苦。

三、四十年後回頭看，我們不得不看到「鄉土文學」信念中的內在齟齬。一邊是「寫實主義」的普遍原則，一邊是聚焦於台灣農村的題材選擇，這兩者顯然無法完全對上。最簡單的一個疑問：那除了農村之外的其他社會面相呢？如果按照「寫實主義」、「社會關懷」的普遍精神，是不是也該以同樣的關注眼光，在文學上表現這些農村以外的現象呢？為什麼只是「鄉土」，為什麼集中、凸顯農村？

因為農村、「鄉土」是最弱勢的，也是最受傷害的。這是當時「鄉土文學」所給予的主要理由。文學在台灣擁有特殊的發言權，應該要為最是被噤聲壓抑的農家說話，讓大家能夠看到他們，意識到他們的痛苦狀況。這樣的理由，從道德上、從反對威權的政治態度上，當然都言之成理，但若是換從文學本位的角度看，卻難免有所偏廢。

那個時代，台灣社會最有活力、產生了最強烈戲劇性，最值得由文學來挖掘、記錄的領域，其實既不是農村，也不是政治。而是新興的商業、貿易現象。從六〇年代的「出口導向」，進入七〇年代之後開始了「第二次進口替代」階段的台灣經濟結構，在短時間內激烈轉型變化，愈來愈多人或自願或被迫地投身參與商業貿易活動，並在遠大過個人的時代力量支配下，被拋擲到許多陌生的地方，從事過去連想像都想像不來的新奇工作，接觸各種異質異樣的人群與環境。

那樣快速興起又快速變化的活動，後來留下了一個鮮明的形象——拎著〇〇七手提箱跑遍世界的「台商」。然而遺憾地，這樣一個形象幾乎始終維持著就是刻板、單薄、平面的形象，缺乏血肉，更缺乏細節。在最適合存留人間戲劇血肉與細節的文學、電影、藝術中，很遺憾地，我們找不到走在各個陌生城市街頭的「台商」形影。

這意味著那二、三十年間多少或驚心動魄或突兀冒險或堅忍掙扎的故事平白地流失了！有一陣子，這些或驚心動魄或突兀冒險或堅忍掙扎的故事在親身經驗者的口中流轉著，卻沒有用什麼形式更有效並更深刻地轉化保留下來，時間久了，事過境遷，便就連當事者也記不得也說不動這些故事了。

這些故事，本來應該是台灣歷史、台灣人認同的骨幹內容。然而因為台灣文學、藝術教育的失敗，因為台灣文學、藝術走向的傾倚，台灣社會竟然就坐視如此關鍵的台灣經驗，從參與者的記憶裡，在所有人的眼前，寂靜流過，沒有留下痕跡。

包括奔走其間的「台商」自己在內，台灣社會普遍不了解文學、藝術的深層價值。大家以為文學、藝術是沒有用的，是閒暇的優渥消遣。文學、藝術絕對無法被取代的功能，是將個別的、特定的經驗、體會予以複雜化、普遍化，因而能夠一方面保留當下時空特質，另一方面又能超越時空限制，讓不同時空背景的人們也產生感動、共鳴。沒有經過文學、藝術的轉化，「台商」故事只能在少數參與者之間作為酒酣耳熱之際的談資，找不到管道進入別人、尤其是不同世代其他人的生活裡。

台灣的文學、藝術中，一向有太多「文青」與社會脫節的自說自話。過去三、四十年中，又有許多關於「鄉土」和政治的描述。相對地，商業貿易經驗一直徘徊於文學、藝術門外，似乎與文學、藝術無涉。有很多一時的、當下的新聞與報導，有很多庸俗的成功神話，但那些八〇年代之後出現在報紙、雜誌上的內容，本質上和酒席談資一樣，方生方死、方死方生，過了一陣子就煙消雲散了。

歐陽明的《曾經的年代》用小說的形式，盡力地探入參與者生活與內在，記錄了我們幾乎無法在其他地方找到的「台灣人在沙烏地阿拉伯」的經驗。歷史因素的洎湊，將台灣一度拉得如此靠近遠在沙漠裡的沙烏地阿拉伯。堅持反共的立場、和美國的曖昧關係，加上七〇年代初期的全球石油危機，使得沙烏地阿拉伯獲致了驚人的財富，有條件也有意願資助台灣進行關鍵的基礎建設升級，同時也成為「台商」的新出口市場希望。

套用蓋希文的樂曲〈一個美國人在巴黎〉標題，「曾經的年代」也可以叫做「一個台灣人在沙烏地阿拉伯」。當然，七〇年代在沙烏地阿拉伯的台灣人，和二十世紀初在巴黎的美國人大大不同。那裡沒有浪漫咖啡館、沒有一種置身世界文化中心的迷醉、更沒有細品音樂與詩的空閒餘裕。「一個台灣人在沙烏地阿拉伯」有的是一股身處陌生茫霧中的「憨膽」，強迫自己不能多想，專注地只看訂單、只管買賣，甚至不能對自己有任何懷疑，對那個陌生國度有任何好奇或害怕。

更重要的，歐陽明藉由小說中不同的敘述觀點，還寫出了當時「台商」的後勤支援系統。雖然是「一個台灣人在沙烏地阿拉伯」，但這個台灣人不是浪遊者，不是expatriate，他隨時帶著台灣的家庭牽絆，隨時念著自己在台灣的家庭責任，他在千里之外的所思所行、成功失敗，也隨時拉扯著台灣多少人的情感與期待。

沒有人用這種方式闖蕩天下做生意的。這不只是獨特的「台灣經驗」，還是屬於特定時代的「台灣經驗」。頂多十年，十年後，台灣和沙烏地阿拉伯的世界貿易相對位置改變了，中國大陸崛起，這樣的經驗就快速且絕然地終止了。

因而，《曾經的年代》不只具備了提供一塊台灣現代歷史拼圖的作用，而且保留並提醒了我們那一份值得存記的精神價值。人還真誠相信自我努力，還願意思考生命，探索著追求最現實的理想、最理想的現實，那樣一個時代、那樣一種精神價值。

【推薦序】

追

立法委員 陳學聖

歐陽是摯友，更宛如兄弟，我們無話不談，但這是第一次看到他用小說形式追憶自己過往踏及商界的膽識，也因第一回商場交手的失敗，確認自己日後從商殷實之道，於大藍海中找到立足，而成就今日之企業規模。

不過，閱讀這本書，除了依稀摹畫歐陽的身影，勾勒出台商在海外打拚的艱辛外，我有更大的期待。即令年輕世代無法體會沒有簽帳卡、電話人工轉接……的「史前」時代，但有一些價值是貫穿時空的，是一種對永恆追尋的夢。也許驀然間立定，你會懷疑自己存在的真實，更會頻問自己為何走下去的動機，但路最後還是延伸、續延伸，最終也許沒有了目的意義，只有一個片段一個片段的日常喜悅與哀愁……。

歐陽曾是文青，新詩寫得極好，一直鼓勵他再恢復文思的筆，未想到他先從小說開始，或許他想讓我們還有另番等候的期待！就這麼約定了吧！

【推薦序】

點一盞燈

特力集團李麗秋董事長

我在公司裡常常喜歡跟很多年輕朋友們聊天，問問大家最近好不好啊、家裡先生太太孩子怎麼樣，聊的話題算是天南地北，到了這個年紀，就讓大家當我是個慈祥的老奶奶、囉嗦的歐巴桑都可以，主要還是希望跟同事們分享一下生活的甘苦，鼓勵大家能夠在崗位上安心工作、繼續實現自己的人生目標。

不過，大家在談到這些年來台灣社會的快速改變時，幾乎都會忍不住的發出一些輕聲嘆息，有時是抱怨感傷、有時是懷念青春、有時是覺得可惜；當然也會衍生出一些正面積極的想法，認為自己應該要努力創造改變、或是幫助這個社會什麼。很有意思的是，這些反應好像不分年齡層，不管是公司的老幹部、老同事，或是正當青壯年的中堅份子，甚至是所謂九〇後的小朋友，或多或少的，不免流露出對於過去台灣社會那個勤奮認真時代的留戀或是想像。

歐陽董事長與我相識多年，我們恰恰都是從那個時代走過來的人，從事的也都是貿易工作，心裡猜想歐陽兄恐怕也和我一樣，時常得面對後來的這些朋友不停地追問：董事長，那你年輕的時候是如何面對外在環境的挑戰？那時的台灣社會是什麼樣子？如果當年的你遇到了現在我的這個問題、你又會決定怎麼做？

老實說，我自己回想起的是，第一次在美國請老外吃飯，為了開一瓶紅酒，幾個人還得先跑到餐廳外面，把口袋裡美金鈔票都拿出來數的畫面，那時候沒有信用卡、換外匯要管制，而且，紅酒是什麼？為什麼這麼貴？吃牛排就吃牛排嘛、為什麼還要配著紅酒喝？

我們也曾經那樣年輕單純，也曾經在夜裡喟嘆惋惜，為了掙得一張訂單搏命演出，為了失去一張訂單氣到流淚；但是我們執著而勇敢，繼續提著一卡皮箱趕汽車飛機去見下一個客人。我想當時是一種求生存的本能驅動著，讓我們無所畏懼勇往直前，因此見到了更大的市場格局，看到了一個更好的美麗世界！而那個時代正在國際局勢中風雨飄搖的台灣，也由此與全球市場建立了緊密的連結，一九七一年台灣首度出現對外貿易順差，七〇年代出口總額更占到台灣GDP的百分之四十以上，一九八八年對外貿易總額第一次突破一千億美金、一九九五年突破兩千億美金，這個勢頭一直要到一九九八年爆發亞洲金融風暴才稍有停頓。

相對我一向拙於言詞，歐陽兄一直是很有文藝氣息的，如果生在現代應該就是活脫脫一個「文青」了，所以面對這個「時代差異」的相同命題，歐陽兄可是很用功的寫了一整本小說來回答這個題目，把小說寫得好像電影畫面一樣，交代了很多細節場景，直接把那個時代的氣息氛圍在讀者的想像中從頭建立起來，用很生動的筆法，同時描寫國際局勢、商場爭鬥、男女情愛、道義人性，也許有一點點半自傳性質的味道，卻很詳盡的留下了一個紀錄。

受到科技進步的影響，現代的年輕朋友享有更多的知識與資訊，有更便利的溝通交流途徑，就連實際旅行往返的交通工具都比以前更為快捷，但挑戰全球放眼國際的格局卻似乎變得小了。如果年輕的你有機會讀完這本小說，我真心希望你能試著理解歐陽兄意在言外的表達，試著體會在數十年前曾經如你現在一樣年輕的台灣人，是用什麼樣的態度面對自己、看待世界，如果能夠由此帶來一點啟發、產生一些鼓勵，能夠幫助你更細心大膽、勇敢堅強，那麼，歐陽兄的生花妙筆就真的具有時代意義了！而故事中談到的風土人情、歷史典故、以及商場上的誠信原則，就算時隔久遠，卻仍然值得細細品味。

我和同輩的朋友常開玩笑說：哎，我們以前念書的時候，台大國貿系可是第一志願啊！現在一般大學的國貿系到底都跑到哪裡去了，怎麼都找不到？想想貿易是數千年來不曾消失的重要商業，而以台灣特殊的地理位置與政經環境，就說必須以貿易立國也不算誇張，隨著讀完這本書，我同時也在心裡深切期盼著，期盼這本小說能夠激發更多具有雄心壯志的年輕朋友，願意投身到這個行業裡來，讓我們這些老兵還能傳承有人，讓我們在這條漫長絲路上為你多點一盞燈。

【推薦序】

幸福的祕訣是從努力中發現快樂

車王電子蔡裕慶董事長

「昨夜寒蛩不住鳴，驚回千里夢，已三更。起來獨自繞階行，人悄悄，簾外月朧明。白首為功名，舊山松竹老，阻歸程。欲將心事付瑤琴，知音少，絃斷有誰聽？」。這是我在半夜讀完歐陽明董事長著作後猛然想起岳飛〈小重山〉的這首詩；「想當年，金戈鐵馬，氣吞萬里如虎」，「月黑雁飛高，單于夜遁逃，欲將輕騎逐，大雪滿弓刀」，歐陽明兄年輕壯志凌雲，渾身英雄氣慨，帶領旗下大軍征戰世界各大商場，才能成就今日的成霖集團，他已是「世界衛浴龍頭」企業。

我閱讀無數企業家的傳書，事實上企業家的經歷，並不是人人都感興趣，但是歐陽明兄將其年少勇闖阿拉伯市場所歷經的人事物，以「阿拉丁神燈」般的故事描述，情節精采迭起，書中敘述了他與商場競爭對手呂新銘先生的故事。不論呂新銘是否為真人真事，在一九七〇年代正是台灣國際貿易及電子科技產業茁壯的年代，當時年齡不到三十歲的這群青年，眼見第二次石油危機後，世界經濟百廢待興，處處是商機，抱持「草枯鷹眼疾，雪盡馬蹄輕」的膽識，勇敢的加入一場場誤以為囊中取物般容易的國際貿易商場，殊不知國際商場危機重重；故事中的史考特，初出國門卻抱著「黃沙百戰穿金甲，不破樓蘭終不還」的高昂鬥志、前去開疆闢土，但是終於敵不過商場前輩呂新銘，承受鎩羽而歸誓不回的慘痛經歷。故事中的呂新銘卻也因公司政策遊走商場灰色地帶，陷自己於極端險境，幾乎已到山窮水盡生存無以為繼的地步，他遠在台灣的妻子及同僚，雖然送出一封封「一行書信千行淚，寒到君邊衣到無」的關懷信息，卻無法解決他的燃眉之急，也凸顯出當時駐外單位官僚與慢作為。如今這群如同歐陽兄當年勇於闖天下「一身能擘兩雕弧，虜騎千重只似無」的豪氣青年，如今大部分雖已年過花甲，但是「老驥伏櫪，志在千里，烈士暮年，壯心不已」，他們仍然抱持「白髮未除豪氣在」的鬥魂，兢兢業業為自己的事業在打拚。

認識歐陽兄已數十年，平日好友相聚，大部分時間他是沉默寡言，但是發言則義正嚴詞，條理分明，見解獨特。他的俠義風骨更是處處可見，兩年前他出資五千萬捐助台北「齊東詩舍」，用於支持詩歌創作，並經常支助各項社會公益，著實令我們感佩。

蘇軾在大江東去詩中寫道：「人生如夢，一樽還酹江月」，人生本是夢，任何英雄豪傑及豪門富貴在浩瀚的時間洪流中，終將「灰飛煙滅」，但是我們赤裸出生，就是為「生存」來打拚的，活著就得不怕艱苦，從艱苦中體會成就的喜樂，誠如法國作家紀德的話：「幸福的祕訣並非努力於追求快樂，而是從努力中發現快樂」。

【自序】

如果重來一次

當本書印刷成冊邀請我寫自序時，不能免俗地我也想說些感謝的話。的確，小說得以出版真肩負著好多朋友的恩情。然而，首先竄入腦海要感謝的竟是——感謝當時厚待台灣的上蒼。

一九七八年時的台灣正處於風雨飄搖中，現在回顧當時正是尼克森要去訪問大陸的數月之前。在那之後，緊接著中日建交、台美斷交……等。在外人眼中，當時的台灣是個戰爭迫在眉睫、隨時可能傾覆的地方。問題是，身為當事人的我們並不知道，還以為自己站在堅實的土地上。提著皮箱一心爭前程，悶著頭往前衝的這一代，從而奠定了台灣的繁榮。後人稱那一代為提著〇〇七闖天涯。

那是一種硬殼的塑膠手提箱，內裝有筆記本、計算機、目錄、文件和少量樣品；當然也可以是真皮硬質外殼，就像早期〇〇七系列電影裡史恩康納萊所使用的一樣。這樣造型的硬殼手提箱，因電影大紅而成了當時的標準配備——如果你／妳也想加入貿易人的話。

台灣能順利地從美援結束的危機中走出並且快速地積累起財富，卻是肇因於我們的無知。這一切可笑嗎？只是個特例嗎？

不！它不是個特例。它每天都在你我周遭發生。現在仍然，只是以不同的形態出現。

幾年前，在台中國美館聽了一場關於地球演化的演講。講演者使用了大量的圖表和影片來說明。事實上，地球在過去的幾十億年，大部分的時間是不停地活動著。因此，天搖地動、山崩地裂是地球的本質；只有在極為稀罕、對地球而言極為短暫的時刻，它是靜止不動的。靜止對好動的地球是十分異常並且極為稀罕。然而這般稍縱即逝的片刻卻是人類的一切。

我們都假設這片土地是可信賴的，人類的存在是無涯的；然而，事實並非如此，這只是片刻。下個天搖地動到時，眼前的萬物將會消失。

人們以為飛蛾七天的壽命，因太過短暫而沒有意義；但是人類七十年的壽命，卻會留下意義。真的如此嗎？

從地球幾十億年的演化過往，飛蛾的七天和人類的七十年，並無差別。但在物種完全絕滅前，人類卻可藉代代繁衍而產生了共同記憶，從而創造出價值來。比如，我們這一代因為對時局的無知、對當政者的盲目信賴，傻呼呼的只問耕耘不問收穫地往前衝。如此無知卻讓台灣開創出繁榮、給自己帶來了前程、也為後人留下了己身存在的痕跡！

漫漫洪荒，時間終將淹蓋你我。然而，明知徒勞的努力就像希臘神話裡對抗天神宙斯的普羅米修斯一樣，給努力本身註明了意義。《金剛經》上所云「應無所住而生其心」大概就是這個意思吧。明知不可為，但為了他人的福祉，卻心志純一的去做，努力的本身能創造出它自己的意義，不因腐朽而消失！

小說裡提到很多不知結果將會是徒勞卻還鼓勇去做的故事，比如那在大雪夜一心要追單于的漢將，雖然雪已堆滿了弓刀，他仍然追上荒原；也有明知結果是徒勞卻基於職責而奮鬥不懈，比如那在中橫山道上修路的表舅就說：「修路是我的職責，坍塌看老天的意思，我管不了。」明知其不可為而為之。

作者在小說中問那漢將，如果重來一次，是否還會再去追那單于？也問他的朋友呂新銘，如果重來一次，是否還會再用詐術把作者趕出市場？在他的地盤插上呂新銘自己的旗幟？這自問自答的答案是：「是！」他想他們也將如同作者一般，選擇過同樣的生活，如果重來一次的話。

而你、我呢？如果我們可以重新再來一次，我們是否選擇同樣的角色而不悔？一個真正的小說家能夠建構出比3D還真實的虛擬空間，讓讀者穿梭其中，沉吟低迴而不願離開。偉大的創作憑藉的是驚人的創造力；然而目前的我並不具備那樣的實力，只能一刀一斧地刻劃出那個即將走入歷史的世代，也算是個生命的謳歌吧！

1

當裡面傳來大概是「請進」之類總之是聽不懂的阿拉伯語後，我立即反射性地推開了大門探頭進去，迎面撲來了一股涼風和明亮的燈光，只見室內三個人正伸長脖子好奇地望向我，黑眼珠亮晶晶地滾動著。

「我是台灣來的廠家代表史考特。可以進來嗎？」

三個人都頷首笑了。面向我穿著阿拉伯白袍的青年立刻放下腿，起身歡迎。進入坐定後我從手提箱中拿出了名片恭敬地雙手奉上，他們似乎也很高興，好像我的出現帶來了新話題；白袍青年應是店裡的主人而另兩人則是他的訪客。

我到沙烏地阿拉伯的工作就是要進行所謂的「陌生拜訪」。像我這種對客情關係一無所有的人，「陌生拜訪」是最有效建立起人脈的方法。我要在這條三百公尺長的商街中，挖掘出潛在客戶並與之交易；我要帶回至少一百萬美元的生意，運氣好的話一千萬也說不定。

我們從菲律賓的柳安木管制開始聊起，接著我介紹柳安木進口到台灣以及被加工成板材的過程。

「濕度必須控制在5％—8％之間，」我一副專家樣的神情。

「否則，運到了目的地之後，會吸收空氣的水分而龜裂。」

我接著又介紹了夾板黏合膠的製作以及重點。

白袍青年聽得很仔細，問了些問題；我拿出合板的樣品，引導他用手掌來回的摩擦以體會拋光的緻密。他更從側面觀察板材結構的密實度。

「多少錢呢？」

「要什麼厚度呢？」

他遲疑了一下，「十六公釐跟十二公釐。」

我拿出計算機，裝模作樣的一陣計算。

「如果不含運費、保險和報關，FOB 十六公釐一立方米要一百五十元；十二公釐一百八十元。」

「不要算立方米，每片多少錢呢？」他接著說，「要帶運費的 CIF。」是個懂進口的內行人。我精神更加抖擻介紹得更為賣力。一番討價還價，喝了兩杯咖啡，兩個小時後，簽下了來到沙烏地阿拉伯的第一張訂單。四萬五千美元！哇塞！

我意氣風發地走出店門，尋訪下一個目標。

我搭乘華航，昨天才從新德里轉機過來，這是我第一次離開國門。之所以到阿拉伯的原因，除了商業上挖金的浪潮以外，就是從小對浪漫神話的憧憬。昨天飛機著地的震動驚醒了我，意識到的那一剎那，我聽到自己心裡的歡呼：

阿拉伯，我來了！

一千零一夜的國度，罩著面紗的肚皮舞孃，綠洲汲水的風情。

沙漠，我來了！

查驗護照時，那移民官隨意問了幾句話，便拿著戳章大力地蓋在空白頁面上。細看那戳印，是個長方形的印記，上面有兩行像蝌蚪一樣的阿拉伯文，其下是

July，一九七八，移民官用鋼筆寫下了十八，這是一九七八年七月十八日，我可逗留的最後期限，距今剛好十天。他抬起頭來友善的解釋，仍可再延簽一次，我有點難以置信查驗護照可以這麼簡單。我跨入沙國境內，去領取行李。

眼前又是一條人龍，緩緩往海關檢查檯移動，其實旅客人數並不多，只是檢查很繁瑣，他們打開了每一只皮箱，翻查物品細細地看。在一群身著綠色制服的海關人員之中還站著一位蓄著落腮鬍的彪形大漢，穿傳統阿拉伯白袍手拿長長細細的皮鞭狀黑色物品，瞪大眼睛看著。

雖然在來之前，已先從同業那兒知曉通過阿拉伯海關的陣仗，但真的身臨其境，還是感受到那種肅殺氣氛。還好，過海關後即可進入一千零一夜的魔幻國度的企盼，讓人還是興致盎然。

輪到我時，那穿白袍的宗教警察，只是瞪著眼睛靜靜地看著，並沒有任何的干擾。檢查還算順利，海關官員只問了兩句話並翻動一下我簡單的衣物。行李箱中裝的大部分是樣品：各種厚薄的三合板、空心與實心木門的切角，以及各式花色的塑膠地磚；沒有豬肉製品、沒有女性圖案、沒有任何褻瀆真主阿拉的暗示；一切正常。順利地出了海關，踏向入境大廳，迎接我的卻是一座空洞冷清的大空間，空氣乾燥炙熱但有風流動。那個魔毯的國度呢？

投宿的旅館是棟白色的九層樓建築，孤零零地矗立在黃沙濛濛的街角，旅館前面略繞個彎就是達曼市的五金建材批發市集。筆直的公路兩旁排列著兩層樓的建築，一家店鋪毗鄰挨著另一家，街道總長約三百公尺，每個店鋪的門面都很狹窄，據說店租相當貴。因此，每家窄小寒酸的店鋪，都聲稱在市外近郊處另外擁有頗具規模的發貨倉庫，店鋪只做為展示和洽談生意的地方。街道上的店門都關閉著以防冷氣外洩。門的左邊是櫥窗，展示著販售的商品；右邊則是室內冷氣的排熱風口。唯一能接近他們並判斷是否為潛在買家的方法，就是走過店前從中獲取感覺。為了減輕重量，不得已捨棄了絕大部分貨樣只隨身帶著三夾板，如此卻剛好強調我的專業以及廠商代表的身分。雖說提重物又要裝出氣定神閒的模樣的確有些難度，但很快地我就發覺真正的挑戰在於每隔幾步路，就得跨進一個攝氏六十度的排熱風區。「哇！」一聲：「六十度，好熱」，然後再走入四十五度的正常區，如此一再循環就像洗三溫暖一樣，滲出的汗被緊勒在西裝領帶裡，還沒有機會流出就被烘乾了。如果推門進入了室內，則立刻從沙漠赤熱帶，一步跨入二十二度的舒適帶。

門裡門外差別之大不只溫度，阿拉伯人十分好客，縱使只是來談生意的，他們也會立刻奉上一杯咖啡，外帶小餅乾。阿拉伯的咖啡顏色很淺呈黃褐色，喝起來苦口與中藥沒兩樣。坐在沙發上舒展痠痛的身體、吹著涼風、品著咖啡，信口開河評論些似懂非懂的事，在那剎那真羨慕店裡的阿拉伯人，他們好像天生就是做這種快活事。

偶爾也會遭遇到白眼、冷漠的搖頭或者粗魯地揮手，遇上了心裡當然很傷，但這並不是最壞的情況。更慘的是，你被熱情迎進，彼此天南地北一陣從伊朗局勢、黎巴嫩民兵聊到美國的蠻橫……幾杯咖啡下肚，你才發覺他根本進口外行，不可能是買主，一個上午或下午就這樣耗掉了。這當然是件極為沮喪的事，尤其你的每一分鐘都要攤提昂貴的旅費，但你又不能從興高采烈的聊天中立刻走人，只好繼續口沫橫飛並在心裡思量著如何脫身。

有時我會請對方介紹他的賣家給我，通常那就是直接從海外工廠進口的批發商了。

有一次我被迎入二樓去見經理，一位高大右眼覆蓋著紗布的中年人，他操著極為流利的英語，臉上有經歷過世事的深沉，一邊絮絮地抱怨著眼疾的不方便，一邊跟我俐落地談著價格。他問我在這條大街上還賣給哪些人、多少數量？除了三夾板外他還打算買別的，其中之一的品類就是塑膠地磚，問我可不可以報個價。

「先生，我只生產三夾板。你如果還需要塑膠地磚，我可以介紹生產工廠給你認識，可是，我不認為我適合報價。」我義正嚴辭地說著，除了舌頭有點乾，幾乎連自己都相信起來。

孰料，他立刻轉頭向坐在他旁邊的同事說：

「這是位專業的廠家，我們可以向他買。」

他不使用阿拉伯話而是用流利的英語說，顯然是要我聽得懂。我們即刻進入下一輪的談判，價格、品質、規格、裝運及關稅等輪番上陣。幾個小時後我簽下了這輩子到目前為止最大的訂單！

隔天下午，剛做完拜訪步出店門，心裡正琢磨著成功的機率。眼前的大街，空蕩蕩。街道上沒有行人，馬路上也沒有車輛，雖然街景有點異常，不過我還掛念著剛才的對話一時沒有會意過來。只見前方馬路數百米外有輛敞篷吉普車緩緩駛來，車上右前座站立著一個穿阿拉伯白袍的長鬚男子，正想定睛看看是怎麼回事，但同一時刻左後側響起急迫的聲語，有人正著急地用阿拉伯話呼喊。我轉動頸子往左後瞧，原來有位阿拉伯人正一手拉下鐵門另一手對我忙亂的招呼著。我本能知道有緊急事態發生而他正示意我進去，於是一個箭步，跨了進去。

幾乎同一時間，他拉下了鐵門。我回了一下神，發現自己處在一個專賣童裝的百貨店裡，店內大約有十個跟我一樣臨時鑽進來的過路客正在瀏覽商品。原來，剛才適逢下午的祈禱時刻，所有在外活動的人應該即刻面向西方趴伏磕頭祈禱，要不就得進入室內並且放下鐵門，街道上不准有閒雜人等行走；違反者，讓巡邏的宗教警察給碰上就是頓鞭打。剛才看到的吉普車上那站立者就是巡邏中的宗教警察，而急呼我進來躲避的就是店主人。當時他正要拉下鐵門，看我一個外地人不知死活的蹣跚獨行著，趕快叫我進來。

約莫十分鐘後，店家又頂上鐵門，陽光映了進來，來躲避的人們就陸續的離開了。為了感謝那店主人的善意，我挑了個易攜放的小東西並在結帳時向他道謝，他是個瘦削平常的小商人。不料他沉吟了一下，用英語說：

「你用不了這個東西。你無須為感謝而購買。」

我不敢相信地愣住，眼前瘦削的小商人卻有這樣高風亮節巨人般的人格，我藉機攀談了起來，閒聊了幾句，說了說宗教警察的事。我這才知道，在沙烏地阿拉伯，尤其城市內，有那麼多項不准：在公共場合不准乞討、不准坐臥、不准邊走邊吃東西等等。我說難怪達曼市看起來特別整齊，他則諷刺地說自殺也是不准許的；但是凍死、餓死是合法的。冬天時，可見到一具具屍體從巷弄裡被送出來。

他對我的孤陋寡聞有點驚訝。

「你不是台灣來的嗎？你們很多人不是都住在那裡？」他指了指旅館的方向。

「我們彼此不認識，並不交談。」

身在異地同鄉人卻不交談。他大感意外。

「此點我有困難解釋清楚，但是原因是可以了解的。」

其實來之前我雖也曾聽聞過，但來之後才能真正體會出：我們雖同為台灣人，但另一方面卻也是競爭者，至少是貿易界同行，自己花了時間才學得的知識，不願旁人截彎取直快速學會；我若交了一個月的學費，他至少也要交一個月。所以結論是，在海外若要向誰請教，最不能找的就是同文同種的台灣人。

我說得支支吾吾，他聽得似懂非懂。

我剛退伍不久，雖然空降旅並不是個好混的單位，尤其身為預官排長，更是戰戰兢兢、如履薄冰，但我仍能找出空檔熟讀「國際貿易實務」，一本淺綠色封面巨大的厚書，書頁內沾著我的汗漬。打野外逢休息時，就拿出翻閱，不知不覺中，我對各種貿易程序都瞭若指掌，退伍後理所當然的投身貿易界。

這是個奇怪的行業，貿易人。一方面充滿了為國家創外匯、為自己爭機會的雄心壯志；但另一方面，卻隱隱有著買空賣空的心虛。

每去工廠驗貨，我最喜歡午休鐘響，工人們從身旁川流而過的那刻。工人都黑著雙手要去洗手拿便當，他們樸素的臉龐雖流露出勞苦卻有股踏實的厚度——這些東西，就是我這雙手創造出來的。

而我，西裝領帶，坐在冷氣房中講講電話、填些文書就能混過日子，其實我並不全然明瞭事情從頭到尾是怎麼變化出來的。雖自稱為業務，為廠方代表，但我從沒生產過任何的產品，也未曾獨立完成任何的生意。

我像是那眾多圍在獵物旁啃食的分享者、掠奪者之一。跟著群體，看似強健，卻從不敢落單。這種反覆肯定自己又否定自己的循環並不好受。我經常渴求上天，能有證明自己價值的機會，否則寧可到生產線上去讓機油染黑了雙手。

等這個日子到來已經很久了，一個單身在外，獨立挖掘商機、面對客戶，奪下那面高掛竿頭的訂單的機會。

「你可以嗎？」這個問號就像烙印一般刻在我心中。

服役時在某次演習中，預埋地底下的炸藥在身旁不遠處一個接著一個的爆炸了。隨著連串的爆裂聲，緊接著是一陣陣的天搖地動。我趴臥在壕溝裡正在回應無線電裡傳來的命令，身旁一位充員戰士仰起他沾滿泥污的臉，關心地問：

「排仔，你可以嗎？」

這並不是個特例。空降旅每次出任務時，我總能感受到排上弟兄投射過來不放心的眼光，一盞盞亮晶晶的，像探照燈一般。年幼時，母親也曾用這樣的眼神看過我。

至於連上那些真正經歷過戰爭操著濃厚鄉音的老士官，更帶著輕蔑看我這個靠考上來的預官能變出什麼把戲。照他們的說法，熟讀兵書也不見得就會布陣。而我，一個非職業的預官，就等著一年後退伍，也從未萌生挑戰的念頭。

然而，如今投身貿易，可是個職業級的貿易人。平日侃侃而談，大家也推崇我是一顆竄升的新星，可是高談闊論之餘，仍能感受到那如同箭簇般射來的「你可以嗎？」。這樣的問號，不只來自我的同事，來自合作的工廠，也來自心底深處的我自己。

我雖然信心滿滿到處宣說至少要拿到一百萬美元，運氣好時說不定一千萬美元的訂單，其實這也是種對自己的鼓舞，用不斷的暗示讓自己消除疑慮。

然而這些都是來沙烏地阿拉伯以前的事了。當時我無法證明自己的實力，只能請別人相信我，只能請自己要相信自己，可是經過這幾日我在達曼這條建材商街，拿下了一張又一張的訂單做了一筆又一筆的生意。算了一算，取得的訂單總共十二張，合計四百八十萬美元，我終於知道我可以獨立簽下生意。

同事在等我的訂單，以穩住和工廠的關係；工廠在等我的訂單，以補足產能的缺口；而我懷孕的妻也在等我的訂單，以證實我曾說過的要照護她一輩子不是句空話。

妻在青春剛綻放的年紀就嫁了，還來不及揮霍，就交出了她的雙手和未來，而我自己也在懵懂的年齡，並不知道惶恐，只知要照護她一輩子。我那時以為這是理所當然的事，人生至美的事，就像照護那在晨霧中舒展的花苞，稚嫩的花瓣上滾動著一顆晶瑩剔透的露珠。沒想到太陽升高後，烈焰曬傷了細嫩的花蕾。我原以為自己的身影足夠遮蔽她、壺裡的清水可以滋潤她，太陽愈變毒辣我愈覺自己的影子，怎麼那麼微小。而水壺，又在哪裡呢？我的母親就是那曾被烈日灼傷的花木，她不論學歷、面貌和見識都勝過家族裡其他的女眷，但眉角不夠細膩，不被歸入任何一夥，從小我就因她受到的冷落而不平。我是母親的大兒子，偶有親友誇我長得端正安慰母親說，等我長大後她就有了依靠。母親常嘆口長氣，邊幫我整理衣裳邊幽幽地說不知道這孩子將來靠不靠得住？

從前有個人，告訴眾人他緊握的拳頭裡有塊珍寶。別人因信任他就相信了，但是沒有人明確的知道究竟有或沒有。人們不是相信「有」；就是相信「沒有」。直到有一天，此人終於伸直手掌露出緊握的珍寶，眾人看見了知道他手掌中真的有塊珍寶。從此，相信不見了，被知道所取代。

「悟生信滅，如睹掌中珍。」

我也在等我的訂單。此後，我不用再請自己相信任何事了，我知道，我可以！我已經證明了我的能力。

2

妳要步入公司時就已先做了心理準備，只不過後來的發展卻比妳事先設想的還要誇張。

跨出十六樓電梯，迎面即是一道隔牆以及牆面上醒目的LOGO，一幅張牙舞爪、炫耀著企業力量的設計。接待檯後，站立著全公司最早到的Amy和小妹；Amy正忙著接電話，看到了妳，揚起眉毛露出一個問號的表情。

妳笑了笑，聳聳肩從隔牆左側推開門走進了一個中央擺放著百來組桌椅的大辦公區，辦公桌椅都是成套的淺綠OA家具，大概是依部門別縱橫交織成走道的動線，靠牆處則是單間的辦公室和會議間。至於大會議室以及依品類區分的大樣品室，則要從走道盡頭右手邊分別轉入。走道不算短，左側牆面鑲著大片的玻璃窗，近可俯瞰街市遠可眺望東區叢山，走道的右側則分布著茶水間、廁所以及儲藏室。

妳的辦公桌就在中央辦公區的東北角，懸掛著成衣部第三課標示。依照公司編制，一個課三名成員。妳是業務祕書，處理三課的書信往來；另有一業務工程師，通常由男性擔任處理課裡跟工廠的往來，從詢價、打樣到驗貨；第三位則是課長，本課的主管。

預備鈴響時間，同事三兩進入。妳就座後課長 Nina 還沒到，妳埋首整理檔案，同事愈來愈多，各人正陸續就定位。Nina 進入的當下就爆出一個誇張的尖叫聲，將一片嚶嚶嗡嗡的吵雜震住。

「天啊！新娘子，妳怎麼會在這兒呢？」

原本正忙著整理桌面的同事們，一齊停下手邊的動作望向妳，好像突然警覺妳不應在場才是。

「對啊，Grace，妳怎麼沒去度蜜月？妳在婚假中耶。」同事們七嘴八舌。或許是好管事，或者只是表達關心。

妳原本就準備要解釋，只是沒料到要向一群人同時做解釋。

「David 公司在談一筆大單，堅持要 David 親自跑一趟。你也知道，David 的阿語流利，狀況比較熟悉。」妳稍微提高音量，不知道該因度蜜月不成而羞慚或者因為夫婿的受看重而得意。

妳接著說，「David 既然不在，待在家裡跟婆婆面對面也難熬，乾脆就銷假上班了。」

眾人露出一副了解的體貼樣後，又各忙各的，妳知道待會兒在茶水間還免不了要個別說明一番。

下班時天色昏暗，妳搭 273 路公車回去。妳在汀州路下車，走進了一條蜿蜒的小巷。不知道鄭先生夫婦是否在家？若看到他們自然也得費番唇舌解釋。昨晚回去家裡只有鄭先生讀北二女的女兒，妳進房前就跟她說明了。鄭小妹才剛讀高一，對於妳結了婚卻沒能去度蜜月的事覺得很惋惜幾乎有點不平，妳自己倒不覺得有什麼值得這樣義憤填膺的。

鄭先生夫婦經營一家雜貨超市，大部分的時間都在店裡。他們在汀州路的巷子裡一棟六層樓房的第四層A面有間三十二坪左右的公寓，隔了三個房間：主臥房鄭先生夫婦住、另一間給鄭小妹住、第三間帶衛浴的就租給了妳。妳從工作後，就租房在此與鄭先生夫婦共住，宛若家人。

他們不在，客廳一片昏暗。只見鄭小妹因開著冷氣而關閉的門縫流瀉出一道明亮的黃光和輕柔的曲聲「我是一片雲」。

當途經她的房門時，妳揚起聲：「小妹！」算是打了招呼；鄭小妹從她房裡也唷了一聲，算是回應。

妳推開門，進入自己的房間。開亮燈後順手按下了錄音機的播放鈕，霎時，高凌風的〈姑娘的酒窩〉蹦了出來，空間充塞著流暢的歌聲。妳恍然，上次還沒播完這首就已拎著行李出門回台南善化，籌備嫁人。當時，只不過六天前，妳還是個單身女子。環顧這住了三年的房間，鄭太太把妳原來的單人床換了個雙人床，鋪上新床單、新被套，再加上牆壁的梳妝鏡面上所貼的大紅紙剪字的囍字，竟也透出一股洋洋喜氣。妳又發覺在另一邊的白壁面上，還貼著兩個較小的囍字剪紙。鄭家的好意，溫暖地觸動了妳的心。牆角處，堆疊著五個整齊放置的瓦楞紙箱，裡面應該裝著 David 搬入的雜物。

鄭太太說搬一次家挺費勁的，勸妳不要如此匆忙地找新房，看房要從容，一住就要幾年後悔不得。她說妳和 David 的新房就設在烏日家裡，在台北可以暫且先住原來房間，反正夠大。鄭先生也說有你們在，鄭小妹回家才有個伴。

而 David，說也奇怪，稍早一陣子還急得像沒頭蒼蠅一樣，看到稍有合適的租屋廣告或租屋字貼就硬拉著妳去看屋，卻突然一下子就冷掉。那時婚期近了，諸事匆忙，妳就接受鄭太太的勸告繼續住了下來，希能較為從容的找新房。而 David 婚後隔一日就出國了，留下妳，空對著囍字，而台南善化已成為遙遠的娘家。現在的妳和六天前在此的妳已非同一人，雖說妳沒變，但從此要獨自面對自己的命運了。

五天前的清晨七點，David 迎娶的車隊浩浩蕩蕩地將妳從善化接往台中烏日的家。David 的父親是個軍人，已逝世多年。寡母在成功嶺下的眷村靠著退撫金和一家雜貨店，將 David 和妹妹拉拔長大。

妳在學校社團裡認識了 David，大一時妳和幾個外交系的新生一起加入辯論社，他是大一屆的學長。當他自我介紹就讀阿拉伯語系時，妳還以為是某種幽默笑話。剛開始交往時並沒什麼彼此吸引，純粹是租屋處同一路線貪圖 David 騎車路過時接送的方便。同學嘛！然而，這一接送就是七年。妳無法想像沒有他的人生會是什麼樣，就嫁了！與其說是愛的難分難捨，還不如說該結婚了而這是唯一的選項來得更加貼切。現在想來，當初促成質變的應是與台大的那場辯論會。妳擔任主辯而David是結辯，題目是「道德與法律，孰重？」。你們是正方，道德重，不好發揮比較吃虧，而台大是反方，法律重，揮灑自如，尤其對強人剛逝、法治初立的台灣更是如此。David提出了一個險中求勝的辯論策略，眾人皆曰不可，只有妳附和。此後，你們反覆模擬正反方的論點、彌補著彼此的漏洞，有種榮辱與共的奇妙感覺。

有一天在一場激烈的爭論後，你倆最後離開辯論社。妳反手關門不小心夾到David的手，他痛得哇哇大叫歪斜著身子踉蹌跳著，將被夾的手指頭吮在口裡然後大力甩動。妳覺得只不過輕輕關上門，怎會痛到如此程度？另一方面又很懊惱自己的粗心大意。

「很痛嗎？」妳心慌地問。

「廢話，當然痛。我也是有感覺的。」他笑著說，並促狹地眨著眼睛。

妳才恍然被他捉弄了，他只是藉機強調「他也是有感覺的」。

同理心不夠多或者太氾濫是方才爭論的焦點。

大家都說David的眼睛冰冷，妳也覺得如此。但從那夜起，妳開始察覺到這副冰冷的眼睛下，也有著熾烈的靈魂。好像一種咖啡，浮在第一層的是冰冷的奶油，下面則是燙口的咖啡。因反差，而有趣。

小蜜說「真愛無華」。或許吧。別人是思前想後，衡量得失才結婚，而妳卻是一頭撞進，才恍然已成人妻了！

其實婚前，浪漫的情節並不多。七年的相處，妳只能想到屈指可數的幾個特別感動的時刻，可是那種血濃於水的家人感，讓妳願意分享他的一輩子也願意讓他分享妳的。

才不過半年前，有一天和鄭小妹閒聊，鄭小妹問妳會不會想嫁了，妳斬釘截鐵的回說不會。但是沒隔多久，當 David 求婚時妳想了想就答應了，好像吃飯睡覺一樣自然，也不懂為什麼不端一端架子；或許，這些和一輩子相互依賴的甜蜜一比，都不算什麼。

3

一步出達曼海關，呂新銘就被迎入一輛大黑房車，賓士 280，當時蠻新的車種，在歐美也不多見。

接機的司機，穿西裝、打領帶、戴著司機帽。很是洋化。

車子平滑向前，他伸直了腿。搭了那麼久的飛機一路蜷縮在經濟艙座椅中間，此刻在寬敞的後座他終於能夠舒展雙腿、鬆鬆筋骨。他隨口輕哼著，這才發覺竟是跟著播放的樂聲唱和著。真是稀罕，車內有音樂？當時的沙烏地阿拉伯車內播放錄音的卡匣還是個管制品。

原來，司機另帶著 SONY 的收錄放音機。這也是新東西，連在日本都不多見。

他從後座端詳了一陣子，腳板和著節奏拍了幾下，就用阿拉伯話向司機道了謝並且恭維幾句。那司機旋即轉過頭來咧嘴笑了，驚訝於他的阿拉伯語的流暢度，他們相互地恭維了一下，他就將視線投向窗外。只見公路旁的路樹飛快的倒退，沙漠裡能夠養著綿延十幾公里的路樹真是不簡單。事實上，達曼這個現代化的都市幾年間就矗立在沙漠上。筆直的街道、櫛比的高樓，若非擁有黑金的財富，任誰也打造不出這樣的城市。

這是一九七八年七月中東戰爭後第二次石油危機前夕的沙烏地阿拉伯，此時的沙國剛成功地運作 OPEC 組織，把一盤散沙的阿拉伯產油國團結了起來。他們先在油井綁上炸彈，成功地從西方石油公司的手中奪回了控制權，然後藉著 OPEC 的運作，把油價從每桶三元一路漲到十四元。操縱了石油的價格，也掌握住工業化國家的命脈，從此，沙烏地阿拉伯一躍成為富國。而王室為強化統治的正當性，除了厲行遜尼派的《古蘭經》治國外，也運用大量的石油財富來建設。沙丘上，矗立起一個個現代化的都市。一切的物資，除了石油以外都仰賴進口，王室仇視任何不利統治的因子，所以反共的立場十分堅定。

而一九七八年的台灣，也在風雨飄搖中走出了美援時期，從殘破的農業社會進入了輕工業化時代。第一個工業園區，在高雄的阡陌農田中建立起，人們脫掉黃褐色的斗笠，開始換上藍綠色的制服。下班時分，高雄園區的主幹道上只見成群的男女作業員，加上穿行而過的腳踏車和擠滿了人的馬達拖板車，真是人聲吵雜、笑語喧譁。誰能想像這裡曾經是荒涼破敗的農村？

年輕的學子，只要說得了幾句外語，願意學習外事的，都紛紛響應號召投入貿易前線。除了能為貧窮的台灣創造急需的外匯之外，也是出國接觸洋事物的捷徑。時任台灣省主席的謝東閔就鼓吹「客廳即工廠」的家庭代工概念，工廠把靠手加工的外包給家庭。只見路上騎著摩托車分包的人絡繹於途，於是，一時台灣全民皆兵，不分男女老幼全都投入了創造外匯的工作。才剛脫離法幣貶值、農村凋敝的困境不久，台灣就奇蹟式地創造出了大量的財富。

沙烏地阿拉伯因其反共立場，是台灣重要的盟邦；也因其大量建設的需求，是台灣重要的市場。而他，呂新銘，一個三十歲的台灣青年應沙國海灣工程公司之邀，代表其服務的允杉公司前來沙國參與一個大建案的投標。當時沙烏地的建設，不但仰賴台灣的物資也仰賴台灣各式各樣的人才。

車子在呂新銘的指示下停靠在一棟九層樓高的白色旅館之前，往前拐個彎就是達曼市著名的建材一條街。他匆匆入住取了 517 的房鎖，沖個涼，拿出禮物，就搭原車往達曼的辦公樓新區趕去。

坐進了後座，他檢查一下禮物的數量，心裡盤算要送的人。在沙烏地，送禮是門大學問，禮品不能觸犯禁忌，以免收禮者尷尬；又不能不送，不可讓主人覺得被忽視。此次他帶來送禮的全是日本牌子的電器品，比如 SONY 的錄音筆則是又新奇又好攜帶。

車子在海灣工程公司的大樓前停下，有數位身著阿拉伯白袍者出來迎接他。呂新銘認得其中一位，阿里・撒爾蒙先生。他趕緊下車，和阿里先熱烈的握了握手，再擁抱，左右各貼了三次面頰。阿里幫他介紹了另外的人士，也個別隆重的握手、行擁抱禮。

他們帶他走進公司，他將在此工作三天，檢查招標的規格、核對標書的價格和交期。剛入座，他就從手提箱中取出記事簿、計算機以及填上 517 房號的一封信。

「這是一封限快。可以幫我投遞嗎？」他對送上咖啡的門僮用阿語說。

在海灣工程公司，只要進入了商務討論自然而然就使用英文，連阿拉伯人之間彼此也用英語交談，這大抵與他們都在歐美國家接受教育有關，商務人士似乎都有個外國背景，只有談到私人生活才會使用阿語。所以，在沙烏地阿拉伯人們的社經地位，可以從其所操作的語言察知。呂新銘雖是阿語系畢業的，平日也常掛幾句阿語在嘴上，但那只能拿來唬人。真到了阿拉伯，上了談判桌，還得使用洋涇濱的英語。

他們在一個別墅區接待他吃晚飯。真難以想像，在黃濛濛的沙漠中還有這般滿目翠綠、花木扶疏的別墅區。車子從主道上拐入了一個小莊園；當雙開的大門緩緩打開，一棟兩層樓的別墅就矗立在眼前。好幾串的彩色燈泡掛在枝椏上，已經閃爍亮起。

屋前空地的草坪上左右邊各立著一個照明燈，投射出白亮的光線把排列著烤肉爐的一整區，照耀得有如白晝一般。圍立在烤肉爐四周的都是海灣工程公司的人，他們或翻烤肉片、或夾取食物，每人手持著無酒精成分的「啤酒」，三三兩兩或坐或立，輕鬆地交談著。都換下了白天的阿拉伯長袍，穿著襯衣長褲，眼前的景致就像美國中西部的家庭聚會一般。他不禁為海灣工程公司的洋化而喝采，整個人，嘩的一下輕鬆了起來。他拿起冰桶裡冰鎮的「啤酒」，仰頭就灌下。

阿里解釋，這裡是海灣工程公司的私人招待所，專門用來接待貴客。他因受到高規格接待而自得起來，逕自加入烤肉區的人群，大口地喝著從冰桶裡拿出的「啤酒」。要不是喝的啤酒沒有酒精，耳旁環繞著阿拉伯歌曲，他真忘了身處極端保守的沙烏地阿拉伯。

吃了幾片肉後，阿里就神祕地作勢要他跟著。他隨著阿里以及另一名中年男子，進入屋內登上了二樓。登樓的時候，他心裡既緊張又期待，他曾聽允杉的同事吹牛過喝酒的冒險故事；莫非阿里藏有私酒，要帶他去喝？沙烏地阿拉伯是個嚴謹的穆斯林國度，喝酒是不被允許的，如果待會兒阿里當真端出酒來，他是該喝？還是不喝？在沙國境內喝酒的幻想帶來的冒險感陡然使他興奮起來，卻拿不定喝或不喝的主意。

二樓開著冷氣且燈光明亮，阿里又向他示意轉入廚房。只見廚房的正中央設置著一個白色的中島，上面有兩個大銀盤。一個銀盤托著盛滿果汁的玻璃水瓶，那濃厚豔黃色的應該是柳橙汁；旁邊還立著一瓶香檳色的蘋果汁；還有一瓶發出鮮亮黑色光澤的大概是黑莓汁，水瓶放在那裡呈三角鼎立之態。另一個銀盤則堆滿了各式各樣的乾果，有核桃、夏威夷果等等，像個小山丘一樣。阿里問了一下大家各自要的果汁選項，然後依序倒入旁邊的玻璃杯內；三個人像喝酒一樣，起立互相祝酒，然後碰杯。阿里按下了一旁的錄放音機，霎時空氣中瀰漫著披頭四的音樂〈Let it be〉和一種輕鬆自在的氣息。呂新銘雖覺得放下了心頭的石頭，不用去傷腦筋做決定，但仍難免有點失望。兩個阿拉伯人卻渾然不覺呂新銘內心的小小糾葛，仍熱烈地討論著搖滾音樂和自創歌曲。他們喝盡了杯中的果汁，又互相為彼此斟滿玻璃杯，曲風已換成約翰藍儂的〈Imagine〉。兩個阿拉伯人聊音樂聊得很興烈，而原本堆積如山的乾果正緩緩減少。他們對流行的趨勢相當敏銳，簡單的講就是蠻時尚的，雖然屋外的世界堪稱是地球上最保守的地方。

披頭四成軍於利物浦，而阿里在英國讀書時對當地相當熟悉。阿里談到了利物浦的遊民，他對於達曼沒有遊民感到很自豪。

為什麼要做遊民？反正，政府會養你。只要是沙烏地阿拉伯公民，都按月領有政府津貼。另一人則說，可是有很多遊蕩的外來人口。那些民工，整批來整批去，人力公司還管得著，但是有些在沙漠或者越過邊境的阿拉伯人因為沒有沙國津貼，如果在達曼失去工作就只能在巷弄裡晃蕩。他們不敢到街上，怕被宗教警察碰上，一頓鞭打。宗教警察坐著吉普車，在大街上日夜巡邏。日常生活裡看不見遊民，並非就是沒有遊民。阿里也同意，並說在冬日時偶會看到廂型卡車來收屍體，從巷弄中把一具具僵硬的人體搬出來拋入停放在路旁的卡車。那情景，很像他有次在巴黎看到環保車清理被丟棄的塑膠人形一樣，一根根僵直的堆放在卡車上。他們說得如此自在，如同談論貓狗一樣，而呂新銘已全身起了雞皮疙瘩。

現代化的都市裡隱藏著殘酷的現實。他以前也聽過類似的話，死在達曼街頭的異族阿拉伯人其實不少，而像阿里這樣的沙烏地阿拉伯人雖無參政權卻被養得好好的。

直到烤肉區在叫人，三人才言猶未盡的下樓。離去前他們仔細地清洗空杯、聞了又聞，好像在湮滅證據一般。

4

「哇！」當跨進攝氏六十度的排放區時忍不住暗叫了一聲；雖然來之前就有了充分的覺悟，還是沒料到赤道沙漠竟真可熱到這個地步。我，西裝革履、領帶袖扣齊全，手提十五公斤的樣品頂著烈日走在沙烏地阿拉伯達曼市的建材商街上。

兩層樓的店鋪長街更襯出投宿的白色旅館的雄偉，旅館建築實際並不大，大約只有五十個房間，然而明亮、寬敞富有現代感的建築物，在達曼市應算是個好旅館。絕大部分投宿的都是來做生意的台灣人，像我一樣，男性，三十上下，操著洋涇濱的英語，一只硬殼的〇〇七手提箱，臉上帶著一種孤傲的表情好像別人都是下品。

入住時，在走道上迎面撞見一位貌似台灣人的住客，心裡頭頓時湧出一股他鄉遇故知的溫暖，可是投注的眼光卻得不到任何回報。等電梯的那幾個人分明也是台灣來的，渾身上下卻散發出一種「請勿打擾」的冷漠。他們看我的樣子若不是空氣般的視若無睹，就是一副「又來了一個！」的不耐煩神情。

同搭電梯上樓時空氣冷硬到了極點，百般尋思「為什麼」。當電梯門再開時，短短時間我就恍然悟出：投宿在此的應該都是同行，所以相忌。因此，同處異邦的台灣人，即便在旅館通道擦肩而過卻彼此視若無睹。眼神的接觸，不是被視為軟弱就是被當作挑釁了。

不禁為自己的機智得意了起來。還沒走到房間就掛上了一副「請勿打擾」的撲克臉！頓時，覺得自己好像變強悍了。

下午三點過後炙熱稍歇，從窗戶望向街上，開始有人影出沒。盥洗完後，便匆匆下樓一探究竟，顯然，達曼跟想像中的一千零一夜有點不同。

街路上仍是黃沙濛濛，但抬望眼卻見藍天清澈、無邊無垠，令人難以置信的蔚藍。達曼立市並沒有多少年，主要街道像棋盤式的井然，但是一拐入巷弄就完全不一樣；巷道長而蜿蜒，蜘蛛網般的錯綜複雜宛如迷宮。巷弄裡的房子應該是新建還沒多久，卻透出一絲古意；巷道炙熱而寂靜，陽光映照在白色的牆壁上，如果不是那些堆積的生活雜物你會以為沒人居住。我在巷弄間繞來繞去，只見家家戶戶大門深鎖，連聲音都不透出。

好一個異國寂靜的午後！然而沒走過幾個巷弄卻隱隱聽到一股鼎沸的人聲，循著聲音走去，一跨出巷弄眼前突然開朗，只見一個百來坪大天井模樣的廣場，中間有口水井。汲水的人形形色色有男有女，女人從頭到腳罩著黑袍只露出眼睛，看形態應該都是嬤嬤級的；至於男人，有穿阿拉伯白袍的，有如同我一樣穿著襯衫長褲的。有皮膚白皙的，有面貌黝黑的；還有三兩蹦跑的小孩，眼睛骨碌骨碌地張望著我。男人間互相說著話，嗓門很大好似在吵架。

廣場的另外一側有棟跟清真寺一樣覆著圓頂貼上馬賽克瓷磚的建築，但並非清真寺，貌似廢棄不用了，又彷彿當初蓋到一半，就不蓋了。它的右側連著一堵牆壁，像城牆模樣。而牆壁有個大開口可以出入，信步走進，牆壁內還有牆壁，不知做何用途，因為內壁倒影的緣故，立在壁影裡竟感到有點蔭涼。往上看，天空仍是蔚藍的。

立在壁後有種奇幻空間的感覺。突然，遠處傳來噹噹聲清脆悠長，似乎是寺院的敲鐘聲響。我被聲音驚醒，於是轉過身緩緩步出牆外，誰知眼前的景象更讓人驚嚇一跳；原先似在爭吵說話的男人們、跳動蹦跑的小孩們、壓水唧取水的黑袍女人們，此刻全都趴伏在地上朝西方跪拜。從不曾目睹如此情景的我又沒有心理準備，乍然撞見還真不知所措，跨出一半的腳又縮了回來。我躲在牆壁後面，直到再次聽到人聲鼎沸才出來。像是做錯了事的孩子一般，偷偷地溜走。

我在巷弄裡東鑽西鑽胡亂地走著，想要貼近達曼體會異國的生活，直至天空的蔚藍慢慢被一抹清藍的新月取代，才找塊空地坐了下來。沙漠初晚的風習習拂來，還帶有白日的乾燥味和暖和感。

覺得口渴，卻不知該喝什麼。這裡的小雜貨店都販賣著一種沒有酒精的「啤酒」，應是暢銷飲品。可是顧店做生意的清一色是穿短衣戴短帽、清瘦的阿拉伯老人，睜著清亮的眼睛瞪著你好像在生氣，使我開不了口去買東西。

他們彼此對談都扯大喉嚨、猙獰面目，分不清是否在爭吵？但你不會感受到任何危險，你就是能夠明白此地動口不動手的潛規則。

在空地上挑塊石頭坐上，仰望天空晶亮的星斗，不知是因為沒有光害或者空氣清新之故，天上密布的星子和在台灣爬登高山時所看到的情景一樣。一顆顆亮晶晶襯著變成墨藍的夜空，像是勒在眼眶中的淚珠隨時都會滴落；又像是滾動在深藍絨布上的珠寶，一粒粒。

出神地看著夜空，我開始找尋認識的星座，獵戶座在遙遠的東邊，北極星迷失在星雲裡，看不見。瞬間，看到了一閃而過的流星，趕緊暗自許了個願——願這趟旅程可以平安、順利；願妻子有個終生的依靠。

等夜風漸漸變涼了才起身繼續我的巷弄探索之旅，原本還亮著昏黃燭燈的小雜貨店此時大都關下了木板門。偶有從門縫中透出昏黃的燈光，有人住在店內吧！

這光景讓我想起成功嶺下的眷村。成功嶺下圍繞著一條環嶺而建的眷村，很簡陋，間雜著用小石塊堆砌出來的矮房子。雖然如此簡陋，但那彼此追逐的小孩童、那悠閒吸著旱煙的老人家所透露出來的自由味，卻讓在成功嶺受軍訓的我豔羨不已。常在黃昏時分看到村子升上的縷縷炊煙，而聯想村子裡戶戶人家正一家子要圍桌吃飯了。

那時在成功嶺接受八個星期的寒訓。有一晚上，隊上宣布我們要往嶺下去夜行，大家真是興奮得不得了終於可以走進那個村子看看他們的生活了。然而夜行時，夜已深沉村裡的小店都下了門板，就像此刻一樣，也從門片的隙縫透出屋內昏黃的燈光。

今晚和那晚的巷弄情景是如此相似，但當中幾年的時光不見了；而今我雖已娶了妻、有了家，卻依然不能證明自己擁有自立的能力。

然而這趟旅行能有證實自己的機會，我不用再重複的藉暗示來讓自己相信了！

5

莒光號富節奏感的搖晃正要把妳帶入夢鄉台北就已在望了，火車一過樹林站，車廂內輕柔地響起了廣播把睡眼惺忪的妳喚醒。

車子緩緩駛進月台，車窗外的霓虹燈更襯托出都市的繁華；離開台北才不過兩天卻有少小離家老大回之感。

昨天下班後妳就從公司直奔車站，趕上那即將開動的列車。妳一手拎行李一手持票對照號碼，猛然發現前方座位旁竟已端坐著 David，手上還拿著兩個熱騰騰的鐵路便當臉上堆滿笑地看著妳。

妳一靠近座位，David 就站起來，單手接過妳的行李回身置放到頭頂上方的行李櫃架上，然後故作輕鬆的說：

「午餐時間到了喔，懷念的鐵路便當。」

因為是星期六只上半天班，下班鈴一響妳就奪門而出趕車，還來不及操心該怎麼用餐，沒料到 David 就在這裡。

妳一方面對 David 會在此感到疑惑，但另一方面又很高興。旅途有他的陪伴，就不孤單了。

「既然妳這週末不在台北，我也乾脆就趁機回家一趟。好久沒去看望我媽了。真不應該。」

「哦～喔～！」妳恍然大悟地笑開了！

上個星期媽打電話來，要妳這個週末回台南一趟，因為阿姨有個朋友的兒子從美國回來探親，聽說各方面都很不錯，希望妳能回去認識一下。

類似的安排，打從妳一畢業起母親就很熱衷的促成，彷彿非把妳嫁掉才算了結責任；為此，妳們母女間還曾有過小小的不快。之後，年事稍長，妳較能體諒母親的用心，也因此盡量配合相親；可是相歸相，妳一直沒有下文，親友們認為妳眼界高也承認妳條件好，所以近來漸漸就變淡了。這次對方的條件大概真的夠好，母親又顯得特別的堅持。

妳後來告訴了 David 這個週末要回台南一趟，David 雖然不是很贊成，還是代為購車票並送了過來。這些年來妳已習慣了 David 的殷勤，養成凡事依賴 David 的心理，他一定是趁購票時就買了兩張，也趁入座前買了兩份便當，等妳出現好給妳一個驚喜。David 雖然人高馬大卻頂細心的。

妳和 David 說說笑笑十分快活，好像是有意相約一起出來玩似的。但 David 一在台中下車，鄰座換了人妳立刻就感受到一個人獨自旅行的孤單；或者，失去了 David 後的清冷。

車到台南，三堂哥來接妳。你們從小一塊長大幾乎無話不談，妳叫了一聲三哥，發現他買了一台喜美 1200。三哥一邊開車一邊興奮地做簡報，原來他們已經約好地方吃晚飯了，共有六位年輕人，包括妳和那個美國回來探親的。

妳覺得這樣的安排避免了尷尬，一放下緊張的心情，不免好奇，就打聽起今晚要相親的那個人。他修完密西根大學的電機博士學位，在達拉斯一家化工公司的設備部門擔任高級工程師，三十五歲，是大阿姨一個朋友的兒子。三哥還誇那個人長得相貌堂堂。

「少來！條件那麼好，幹嘛要相親？女朋友早就一大堆了。你們一定在瞞著我什麼。」妳輕快地接腔。今晚的聚會聽起來頂輕鬆的，這次的相親任務應該輕易就可向母親交差了。

妳想起了 David 緊張兮兮的評語，就覺得好笑。依照他的推論，在美國讀完了博士、有了工作還得回來相親的，若非相貌奇醜就是身染惡疾，要不就是同性戀，搞不好是個騙子；妳聽了也覺得頗有道理，奈何母命難違。今天穿得密密實實的用意，就是怕肌膚不小心接觸上了還要洗半天，好像防傳染病似的，這樣對這位美國博士也太失禮了吧！

進了家門才放下行李說了幾句話，母親就催妳快去大伯家跟阿嬤請安後再返轉回來，為今晚的餐會做準備；母親嫌妳半大不小了還身穿牛仔褲腳踏布鞋，她要妳換上她為妳準備的碎花洋裝和半高跟鞋。

走出巷口大街上的第一家就是大伯的房子，屋子很長好幾個進落。妳和大伯、大伯母說了些話就穿過廚房去找祖母；阿嬤坐在輪椅上，看到了妳來很是高興。她放下了正在收看的電視劇，摟著妳，用手順著妳的頭髮，妳膩在祖母懷裡足足有十分鐘。祖孫兩人喃喃地說著話，但都是各說各話沒有交集。隔了會，堂哥們也跨了進來，妳才坐正身子。祖母第一句清晰的問話是吃飽了嗎？妳說有；第二句是：

「有男朋友了嗎？帶回來給阿嬤看。」

妳害臊地否認。

天色一暗下，三哥就帶妳去赴會。妳薄施胭脂穿上母親準備的洋裝蹬上高跟鞋，果然亭亭玉立頗有相親的架勢。妳款款走入明亮安靜的西餐廳，裡座站起四個人，咧嘴笑著招手。三哥逐一幫妳介紹，妳一一點過頭溫婉地見過，站在最後嘴角噙著淺淺的笑意友善地望著妳的，正是那個從美國回來探親的博士，今晚相親的對象。他果然就如同形容的那般挺拔。

坐定後，大家嘻嘻哈哈地聊了一番後，很快地就相熟起來。上完咖啡、甜點，大家又相約到安平港走一走。步行時他們故意把妳和那從美國回來的撇在後面。妳身穿洋裝足蹬小低跟，款款細步地走著，那般女孩模樣實在不像妳平日大剌剌的明快風格。扮大家閨秀讓妳也覺得彆扭。

那從美國回來的也像個斯文的有禮男人在妳旁邊小步小步的跟著，他低頭說了些話問了幾個有關於妳的問題，接著很美式的徵詢妳有什麼要知道的。好像 Q&A 一樣，妳想到一個疑惑的問題，就問他，既有如此好條件為什麼還得靠相親來交友？他愣了一陣子才不好意思地說，達拉斯華人少，他已有個交往多年的洋人女友，他媽怕他真娶了個洋妞，所以逼他要回來相親。

「那麼妳呢？一樣的問號也在等妳的答案。」他反問。

這次換妳愣住了，長長好一會。妳媽為什麼要催妳相親呢？因為妳沒有男朋友。妳雖有David，但他是個好朋友，並不是男朋友。不過，妳倒不覺得自己需要一個男朋友。男朋友除了拿來結婚外，還能幹什麼？妳從不曾覺得心裡空蕩蕩的。

兩人把話說開後彼此都釋懷地笑了，頓覺輕鬆。

這趟回家做了個乖巧的女兒，妳也換了母親準備的衣物，認認真真的去相了親。

莒光號進了台北站，妳下了車又擠入人流裡，心裡若有期待又似乎沾黏著淡淡的惆悵，卻說不出個所以然來。妳打起精神，正尋思該搭幾路公車回汀州路住處時，突然瞥見David。他來接妳了！

妳心裡嘩的一下落實了，臉上不自覺地露出燦爛的笑容，這下不用去煩惱公車了。妳被人潮擋住，David看不到妳但妳從人縫中卻望得到他。David緊貼著出口處旁邊的牆壁站立，正焦慮地用目光來回搜尋蜂湧而出的旅客，同時用眼角餘光時不時地瞄一下過票閘口的旅客。妳在人群中踮高了腳，用力地揮動右手。他看到妳！臉上的焦慮表情一掃而光，他的眼睛油亮，笑得比平日都開心。妳隱約覺得David看到妳完好無恙的回來好像鬆了一口氣！

6

那一晚在公館的東南亞看完電影後 David 騎著機車送妳回汀州路的住處，妳坐在後座上覺得今晚的 David 似乎有心事。在吃冰時，妳便一再詢問，他請妳安心並說沒事。可是明明就有事，都交往七年了，妳還能不知道 David。

到了住處前 David 在停車，妳沒進門順著巷子就往前行。汀州路的巷道蜿蜒又僻靜，巷旁的路燈昏濛濛的只照亮了燈柱下的範圍，路燈與路燈之間還是幽暝的，不時傳來單調的蛙鳴一聲聲，和著草叢裡不知名的蟲聲，交織成一幅夜已深沉的景象。妳和 David 併肩走在巷裡，颳起了一陣夜風。

「真沒什麼事。」David 說，「不過下個星期要去趟都拜，將會有兩個禮拜不見。」

「怎麼突然要去呢？」妳只是在接話頭說話並不是真要問什麼，David 的工作常常跑的。

「都拜有個酒店項目要招標，需去一趟。」

接著 David 就跟妳解釋了招標作業的程序，或許妳和 David 也算是貿易界的同業，平素彼此對工作內容都是淺談為止，今晚 David 如此深入的介紹的確有點異常。是囉！是為了那即將而來的分別？

「才不是！」David 笑著回說：「我又不是小女子，哪會那麼多愁善感。」

「那為何今晚你顯得心事重重？你嘴上說沒有，明明就有，還騙人。」

「好吧。如果一定要說有的話，我也不知道這算不算是心事。」David 好像給逼急了硬要進一步自我剖析。

David 說他的工作表面上很讓人羨慕，當大部分的人都沒有出國的經驗他卻已習於出入國門、住五星級的大飯店、出席精緻高貴的場合，一個接著另一個杯觥交錯的派對，一張又一張的機票。然而每當沉澱下來的時候，他卻覺得這些都是空的，在他的生命裡他到底打下了多厚的根基？工作雖華麗，卻三更燈火五更雞的辛苦；有時還有風險，他是為誰拚搏，為何努力？

原來這就是讓 David 今晚心事重重的原因？妳不覺莞爾起來。以他剛畢業沒多久還算職場新人的身分就擁有目前的局面和豐富的經驗，妳笑謔他如果不是過分貪婪就是為賦新辭強說愁了。

David 正色說絕非無病呻吟，而是經常覺得心慌。像妳這樣什麼都不缺的本省孩子，生下來就擁有土地、房子、傳承，以及宗親關係等等，是難以體會他的空虛。他一個在烏日眷村寡母養大的孩子，沒有土地、沒有親族，就像無根的浮萍，隨勢飄盪，生命是如此的貧瘠。他要刻刻警惕，隨時抓住土壤，才不會被命運的洪流捲走。

妳從認識 David 以來還不曾聽他如此說過，心裡一陣悸痛。而 David 說著說著就輕輕碰觸妳的手指，妳原以為那只是 David 加重語氣的助跑動作，正慌亂地思索要怎樣抽回才會顯得自然，他愈發說得熱切妳更不好冒然的把手指抽出。

David 講起他父親離家的經過。當時他的父親才十五歲還是個半大不小的莊稼小伙子，有一天早晨祖母叫他送十斗米進城到米店；城裡辦完事，他父親推著獨輪車步出店門猛然瞧見街口早已堵著一群兵，刺刀在日照下曜曜閃光。他知道遇上了來捉伕的便趕緊返身往街尾去，但是那一頭也是兵，剛才的米店此刻又已下了木板門，紛亂中他無處可去，只得硬著頭皮推著獨輪車企圖穿過攔路的兵群。他當然過不去，被一個軍士粗暴地推倒到泥地上，此時，另一個面目較和善的軍人怒斥了那粗暴軍士一句就排眾前來扶他起身；他哭訴家裡的母親還在等著吃飯，反覆哀求讓他先回去跟母親說一聲就跟軍隊走。那軍人溫言的安撫他並解釋軍隊就要轉進但有些錙重還缺人手搬運，等錙重移放好就會放他回家，左右也不過是兩天的事；他想想只要兩天，遇到抓伕的也算大幸，就跟軍隊走了。

但他的父親再也沒回過家，除了在夢中從此再也沒見上祖母的面了。

父親只知自己是山東濰坊人，至於哪個村里哪個鄉鎮他則說不周全。投身軍旅前，他到底是個沒離過家的莊稼孩子。David 能從他父親身上得知的也不過是他在山東濰坊某處有個老家上有祖父母和兩個叔叔。大概還有片田待種吧！其他就一無所知，像斷線的珍珠。

而 David 的母親也不太談過去，若被問急了就隨口支吾。只知她被親生的父母拿去跟別人的女嬰交換互為養女，這是當時本省窮苦人家的習俗；養父母做醬菜的生意，經常要到市場口去販賣醬菜，她的童年就在缸裡踩醬菜度過的，除此之外就再也問不出個所以然來。她的過去縱使有辛酸與不平，但她都絕口不提。直到遇到他爸，才隨軍隊落戶在成功嶺下的眷村。

妳聽著 David 的娓娓敘述禁不住心裡的陣陣不捨，很想擁他入懷拍拍他的背，這才察覺自己的手仍被 David 握著，妳豁然發現 David 的手掌原來有這麼大，妳感覺到他手心傳來的溫度。

「Grace，妳是不是明白了我覺得孤零零的自卑。本省家庭的女孩會不會看不起我這樣的芋仔番薯？」David 原本輕牽的手不知不覺中加重了，慢慢地紮實握住。

「不會，絕對不會！人家看的是未來，誰在乎眼前的？還有，你也不要以為本省人家就有土地。有的傳承了許多代，產權都成了公案，不過是在耕無主地，賣也賣不出。」妳為了安慰 David 又加了一句：「紙上富貴罷了！」

兩人短暫的沉默了一下，蛙鳴聲又聒噪起來，夜風輕輕颳過，你們牽著手走在昏暗路燈下。有輛夜歸的單車亮著前燈伊唔伊唔的超越你們。巷子很長，也很寂寞。

在濛濛的街燈下，David 看入了妳的眼睛，問道：

「就算女孩本人願意。她父母肯嗎？」

「你愛的又不是她父母，擔心什麼。」妳立刻回答，接著又問：「你像在談某個人一樣。她是誰？我認識嗎？」

David 點了點頭。他坦白的承認反而嚇住了妳，妳張口卻一下子講不出話來，心裡隱約恍然但又不敢置信，雖有絲甜蜜但更多的是狐疑的焦慮。過了一會，妳終於迸出了聲：「誰？多久了？」

「很多年了，從跟台大的那場辯論開始。」

「道德與法律，孰重？」妳尋思了一會兒。David 再度重重地點頭。

「這麼多年了！」妳吸了一口氣，不可置信地說：「不可能，我怎麼都沒察覺到呢？」

「因為我不敢洩漏，怕嚇跑了她。」David 說：「我連自己都要瞞，雙方背景差距那麼大，我從不敢去妄想。但是我再不說她都回家相過親了，我真不知道該怎麼辦。」

到此刻妳感覺到 David 手的熱度，忽覺害臊，正想把手抽出，David 卻說：

「Grace，妳會接受我嗎？」

妳給這唐突的問題驚嚇住了。

他是認真的嗎？

大力抽回了手，扭過頭就要走並冷冷地回了一句：

「你在求婚嗎？」

然而，妳的手還沒有全抽出，就被 David 逆向一帶，妳失去了平衡跌入了他的懷裡。

妳聽到他說，我是，之後就感到一陣躁熱幾乎要失去了知覺。妳聞到他身上散出的氣味，竟是如此的熟悉。迷糊中察覺到有發燙的嘴唇印上了妳的。他吻妳了！

妳覺得應該掙脫他的胸膛給他一巴掌，但又渾身發軟不想失去他。這麼多年來，你們雖是天天相處，但並不是男女朋友，他從來也沒顯露出傾慕的樣子。今晚怎麼了？他是認真的嗎？妳困惑極了，但仍蜷曲著身子靠在他的懷裡好像是一灣避風港，妳含混地問了一句連自己都聽不清楚的話。

「啊？」David 似乎也還沒全清醒過來。

意識到剛才沒說清，妳又問了：

「這是愛嗎？」

停頓了幾秒，David 堅定地回答：「是！」

「你是認真嗎？」

「當然！」

妳掙扎地正起身來，路燈把兩人的身影拉長了。路旁的草叢裡蟲鳴正交織地唱著，稍遠處的水池傳來重複、單調的蛙鳴。怦怦跳的心終於比較平靜了。

「這麼多年來我怎麼可能都沒有察覺到呢？」妳低垂著頭，問話時才驚覺到自己竟然捏著衣角，趕緊放下，但兩支手又不知該擺在哪裡。

「我一直壓抑自己，連自己也要催眠。怕一旦洩漏了感情，反而連朋友也做不成。我們兩人的環境差別那麼大，我怕嚇跑妳。」David 緊張地說：「妳像俠女一樣來去乾淨俐落，就怕妳會一刀斬斷牽絆。」

「這麼多年來我為什麼都沒有男朋友？」妳像在問自己。

David 沉默著，屏息地等著妳的答案。

「因為我不覺得我需要男朋友，我心裡一直蠻充實的。」妳自答。

隔了半分鐘，妳像找到了全部的答案般揚起頭，明確地吐出：「但是，我不能失去你。」妳又說，「我不能想像沒有你的世界。」

話沒說完，David 就用力把妳往他懷裡帶，妳跌入了他的胸懷無視路過的夜歸人。

「過年我就三十了妳也要二十九。我們結婚吧，不要再拖了，好嗎？」

妳從他的吻中慢慢地甦醒過來，心裡漸漸明白那多年來一直視為理所當然的愛。開始能感受到心底澎湃的情感，就像覆蓋的冰雪融化了，露出五顏六色的春花。

於是，兩人一邊相互吸吮著唇一邊喃喃地討論，David 說要到妳家提親，妳則希望在適當的時候自己當面稟報父母。你們都預期到會面臨困難。妳的爸媽不會同意妳嫁給一個眷村的子弟，妳是家裡嬌滴滴的一塊寶，又是明星大學的熱門科系，平日叔叔伯伯們都會掛在口中誇耀著，雖非大富人家的姑娘，至少出門就踏上自家的土地。台南人特有的門戶風，蘊積著深固的書香門第歧見。

David 堅持要去提親。在這互訴衷情的甜蜜時刻，兩人的意見卻不合的卡在那兒。

這實在不是個好預兆。

原來 David 知道妳的秉性柔順，若放任妳擇機再去稟報父母，擔心事情會一拖再拖。此外，深恐妳在父母強烈的反對下會選擇放棄，因此想由自己來提親，可以面對未來岳父母的責難。

妳聽了後，緊繃的臉笑開了來，像春花一朵朵綻放。妳雖然也擔心父母的反應，但不至於像 David 說的那樣嚴重；爸媽到底還是爸媽。David 雖是軍眷子弟，卻也是國立政大畢業又有一個令人豔羨的好工作，年輕體壯、前程似錦。

「你就把我想的那般嬌弱嗎？緊要關頭我不會打直腰嗎？」妳口氣帶點嬌嗔的假生氣樣。

最後你們決議等 David 從都拜回來後，妳再帶他回台南拜訪父母。他雖不當場提親，但等他走後爸媽一定會急著問妳澄清；屆時，妳就可以直告了。

妳低著頭，細細地說：

「不要怕。我絕不負你。」

也不知道為什麼臉面潮紅、發燙，抬不起頭來。和 David 七年來就像無話不談的哥兒們，從不覺得自己會嬌羞。

7

興沖沖地打電話回台灣報告戰果時，同事提醒我拿到訂單並不代表完成交易，最後一哩路，還要盯住買家開出信用狀才算完成。這下像桶冰水淋頭而下，驚醒了洋洋得意的我。我改變戰略，打算用上午的時間挖掘新客戶，下午的時間則用來催促已下訂單的買家趕快去銀行開立信用狀。

用「催促」兩字，並說明不了實情。實際的情況是盯著，黏著，押著客戶去開狀，拿到信用狀號碼最後一哩路才算走完，只是我沒走完多少的最後一哩路。雖然已經緊迫盯人了，但是那四百八十萬美元的訂單卻沒開出多少的信用狀。縱使死命的催了又催；縱使那些阿拉伯買主還是笑容滿面；縱使頂著毒辣的大太陽走了無數趟，信用狀卻還是拖著。

然而，這是學會了那句阿拉伯話之後才領略出來的，之前只是傻傻的浪費力氣。

沙烏地阿拉伯人都愛講「明天就做」。

我原以為「明天就做」是個承諾。為了這個承諾頂著四、五十度的烈日，花上兩個鐘頭的往返時間，一趟又一趟地空跑。每落空一次心就沉了一次，這種失落容易讓人感到無望的挫折，心灰意冷。後來才知道，這只是文化上的差異。阿拉伯人的「明天就做」，其實只是個概述，下面還要補上「看阿拉的意思」才算完整。阿拉伯人有種難以理解的隨遇而安的心態，是種特殊的文化或者是修為。這種隨遇而安的態度使他們看起來較從容，但另一方面，也較不積極。

很明顯的，我丟了很多單。我不能再欺騙自己了，餐桌上的麵包丟了，被人奪走了！

我坐在旅館大堂的咖啡廳啜飲著冰水，像其他人一樣臉上露出怡然自得的表情，心裡卻在盤算到底丟了多少單子。

連啜飲冰水這種小事，也是到此地後經觀察才體悟出來的。

原先，我從外面極口渴的回旅館。點了礦泉水。侍者送到桌上的是一小瓶的瓶裝水和高腳玻璃杯。基於口渴，我扭開了瓶蓋後就仰頭咕嚕咕嚕地灌下，一小瓶完全解不了渴，因此又點了第二瓶。當喝光第二瓶打算再點第三瓶時，這才驚覺要先確認價格。結帳時，帳單簡簡單單地呈現，兩瓶水，二十二里亞爾。

二十二里亞爾？這相當於兩百二十塊台幣。兩小瓶水？

「二十二里亞爾？」我疑惑地問。

「二十二里亞爾！」那侍者肯定地回答，黑色的眼珠露出無辜的神情。

這水怎麼喝得下呢？這些人又是如何能活得下去？

環顧咖啡座的客人，每個人都怡然自得的小口小口地從高腳玻璃杯中啜飲著冰水。清澈透明的水。

原來，瓶裝水要錢，一小瓶十一里亞爾，但添加冰塊不用錢。訣竅就是不斷地添加冰塊，然後就著高腳杯小口啜飲冰水。

他們會送上一個白鐵的小冰桶，配有小夾子用來取出冰塊。

賓果！這是我學到的旱地求生法，第一招。

我學到的旱地求生法第二招，雖並不頂管用的，但必要時，可救急。

有天吃完午餐，步出餐室時正覺口渴，突然看見一群人在街角處排隊要從一座水泥洗手檯上喝水。眼見水喉傾瀉而下白花花的飲用水，在沙漠城市裡，這真是奇蹟！原來有不要花錢的水。

這個發現，一下子讓我覺得這些台灣前輩的經驗也不過如此。輪到我時，看到白花花的水傾瀉而下，興奮極了。彎下腰，側仰著頭就著水喉，大口喝下，哇！水是鹹的。這是淡化海水！喝了，可以補充水分但解不了渴。我這才明白前輩們的經驗，果真無價。

坐在冷氣吹拂的咖啡廳座上，小口小口地啜飲著冰水。臉上一副怡然自得的樣子，心裡卻尋思著為什麼到手的訂單會被跟丟了？我若無其事地用眼角餘光審視著周圍的人，媽的，每一個都可疑，尤其是那些看起來就顯得有心機的台灣人。我比較在乎台灣的同業，他們似乎比其他國家的競爭者更難纏一點。不過為什麼在商街活動時，從沒碰過這些來自台灣的競爭者？難道他們都躲在背後，等著踩我線的這一刻？他們怎麼知道？他們真的這麼厲害？還是他們各自在我尚不知道的市場活動？

旅館的大門在沉思之際被推開了，走進來一個身材魁梧的人。他臉色木然看不出表情，兩只死魚一般的眼珠往咖啡座掃射；掃到了我嗎？又像沒有。他的眼神似乎不帶任何感覺，又可能是感覺太多了，喜怒哀樂不知該放入哪一項才好。我覺得他有點面熟，於是若有所思地望著他走過的背影。

是他嗎？允杉公司的呂新銘？

曾在貿協刊載的貿訪團照片上看過他。

當時對相片中那群意氣風發的參展年青人心裡升起了大丈夫當如是的豔羨，尤其特別留意地看了呂新銘。聽過了他的大名，業界視他為奇葩式的新星；當明星大學的畢業生都忙著出國留學時他選擇投入貿易。對我而言，呂新銘既是傳奇的典範也是個潛在的對手，都是建材貿易的同行，遲早會碰上。他愈強，我就愈不能顯得闇弱。

允杉公司，在合板行業內以低價搶單聞名，像大鯊魚一樣的凶殘；而呂新銘更是允杉的悍將。政大阿語系畢業的呂新銘，就因通曉阿拉伯語，在貿易圈裡小有名氣，不知何故他不用當兵，畢業後就直接投入貿易前線。才三年，就已經算是個前輩級的人物，至少，對我這個新手而言，他是個前輩。

會是他搶了我的單嗎？跟在我後面循著我開發出來的線，以較低的價格搶單？

我盤查每個成交的價格，果然高得容易被搶。我自問如果我是他，我會怎麼做呢？以他的關係，在這條街上要踩我的線，還不簡單；以允杉公司的量，要低價搶單，還不容易。

我愈想愈擔心，那些簽下的訂單，在最後一哩路上會不會都被他攔截掉了呢？

一想到那兩只死魚般的眼珠子，我就更加篤定了。他一定做了某些事，才能一副氣定神閒的樣子；如果他到現在都還空著手，一定忙裡忙外的進出著。難怪他的眼神能那麼的篤定，他在暗處奪走我桌上的麵包。怎能讓他輕易得逞？我需要訂單，我一定要保護住我的生意。

好吧！我可不是軟柿子，能給他隨手挑著吃。

拿出計算機，我要再以工廠的成本報價。我雖沒得賺至少能保住訂單，跟支持我的工廠有個交代。你呂新銘再低，也應低不過我算出的工廠成本吧。

後天就有個抽佣經紀人會帶著我跑達曼鄰近的市鎮，在那些散落的市場我不會再遇到呂新銘了，屆時就可享有利潤。而這條三百公尺的商街，因其方便性，我以為自己單獨跑就行了；但也因其方便性，呂新銘可以循線搶我的單。

行！在這條三百公尺的商街，咱倆就進行這樣的焦土政策來個玉石俱焚！

8

貿協駐達曼的李少謀主任即將舉家回國述職，當地的商界領袖舉行了晚宴要幫他餞行。李主任就約了些人做為陪賓，呂新銘剛巧來達曼也被邀請了。

他依約在四點半離開銀行，搭計程車往貿協達曼辦事處。在銀行裡，他聽到了一則鮮事；銀行經理說，建材商街有幾位商家前來銀行詢問要如何才能開立信用狀，但全因手續繁瑣而打消了念頭。聽說是一位台灣人要直接從海外工廠賣給他們合板，價格當然比他們平日從大盤處拿貨要優惠多了，所以他們也想自己直接進口。

這真是大事一件！達曼那條建材街龍蛇雜混，一向都是從大盤拿貨來轉賣。因為進貨的來源廣，所以也賣得雜，這是行之有年的商場秩序。雖說其中的多環節的缺點有天必會引發改變，但是，一個台灣人在人生地不熟的地盤單身隻手要促成改變，可也太不自量力了。他對這個台灣人充滿了好奇，要打聽打聽。是新手嗎？也對此人可以翻起這麼大的變動，有點惺惺相惜。他敏銳地察覺到商街傳統的進貨渠道就要改變了，而這將帶來龐大的商機。他們沒有開立信用狀的銀行關係，可是他有；他們不懂得進口報關的程序，可是他有相熟的報關行；他們要跟海外工廠直接進貨，他就代表工廠。台灣的廠商，一向都藉著標案接工程，但利潤微薄而且占用龐大的資金；他們從來不敢碰零售，利潤雖好然而大中小盤太零碎了，通路太深了。

這下好了，達曼的建材一條街看來就要觸發通路革命。如果他不設法擷取果實，某個競爭者就會。他想，今天的晚宴上就設法趁機打聽吧。

在貿協的辦公室等待時，陸續來了十多個台灣人；有幾個相當面熟，是住同一家旅館的，其中那個理平頭的更是常見，應是個老中東。他想和理平頭的套點交情好打聽點消息，但對方在介紹時只是冷冷地點了點頭緊板著臉。他猜想自己也是如此，旁人常批評他的眼睛冷漠，不流露出一絲感情來。

一行人依序坐進貿協安排的大黑房車，車隊蜿蜒的開向會場。晚宴就設在當地富豪的家中；主人的家極大，一重重院子。大夥兒被引入了一個白色的水泥房內席地而坐；室內布置的宛如身處一頂特大號的帳篷內，天花板還看得到頂起帳棚的支架，帳內四周每隔幾步就設立著仿火把形狀的電燈柱，壯觀極了；眾人圍著一個四方形的編織地毯，墊著軟墊席地盤腿坐著。地毯的四周，在伸手可及之處擺放著一個接一個的銀盤，上面堆放了各式各樣鮮美的水果。

主人坐在呂新銘的對頭隔著地毯相望，兩個侍者抬上烤羊羔，只見肉質烤的嫩黃的、亮晃晃的一層油，空氣中充滿了烤熟的肉香，令人垂涎。主人站起來，抽出了一把彎彎的腰刀，切下肉就拋擲到客人的銀盤上。主人一個個的切，一個個的拋，不管距離遠近都正中盤心。輪到要切給呂新銘時，主人看了一下距離，下手切起肉來，呂新銘不免有點失望，那切下的肉似乎少了一點，主人拿在手中，焦黃的肉帶著油花看起來可口極了，只是小了一點，尤其呂新銘的肚子正餓著。主人揚起了手，掂了一下，匡噹一聲那塊切下的羊肉就被擲過地毯準確落入他前面的銀盤，等肉掉入盤中時他這才了解分量充足，跟遠看時大不同。

等主人一一切完肉、洗了手，侍者在每個人身旁的空杯注滿了果汁，晚宴才開動。用手抓著整塊肉撕咬別有風味，他吃得津津有味。突然一陣晚風吹過，他雖整套西裝在身外加背心，仍覺得微微寒意；這沙漠城市晝夜溫差之大，就連七月天晚上還得要穿厚外套保暖，他不禁想起巷弄裡的遊民，一想到阿里的形容，他食慾就消退大半，一根根像冰棒一樣的人體被丟入車內，就像巴黎的環保車清理被丟棄的塑膠人形般。洗了手吃完水果後，他們又被請到另一間擺放桌椅的白屋去喝咖啡、吃點心；這屋子也是內裝成帳篷樣。因為除了主人和主客外，彼此交談不多，呂新銘打聽不到什麼消息，不過他得知那個徒步打開市場的台灣青年的確是個菜鳥，而且也跟他住在同一家旅店裡。

晚宴後，李主任的車隊順道經過他們的酒店時下來了五、六個人。他們同坐電梯上房間彼此也不多話，當電梯停在四樓要開門之際，那理平頭的也只向仍在電梯內的點點頭就跨了出去，一句晚安也沒說；不過，其實也用不著說，因為仍留在電梯內住在較高樓層的人為了電梯逢樓就停，早已露出不耐的神情。到了五樓，他連頭也省得點，就跨出了電梯。

9

我興致盎然地跨步向前走好奇地張望，主人應了門就側身讓位並示意我先行，自己則在後跟隨著。這個甬道雖又長又黑卻通風良好，盡頭有個空置的小廳，斜陽映照著帶進一縷灰濛濛的日光和溫暖的晚風，左邊有道水泥梯，主人越過率先登上二樓，換我跟在其後。樓梯有點陡。

樓上已有兩個客人坐在木雕長椅上，一見我上來全站起了身招呼。

「這是偶農技團的同事，李炳良先生，」主人介紹了站在我前方的男子，「他以前是屏東農專的教授。」

李教授是大約四十歲左右的青壯年人，穿著短袖白襯衫。

「這是榮工處駐達曼的林文雄先生。」主人隨後介紹站在李教授右後方的人。

林先生年紀跟我相仿，三十左右。

彼此握了手寒暄幾句之後，我就將朋友託我帶給主人的東西轉交給他，同時也把我在酒店裡費盡心力才買到的一束花，請主人找個瓶子插放起來。

主人名叫張萬成，也在台灣農業技術團裡服務；以前派駐非洲，新合約將他轉調到沙烏地阿拉伯來，已經是第二年了。台灣有個朋友聽聞我要來達曼，託我順道帶個東西給他。張萬成年約五十歲一口台灣國語，身上洋溢著台灣農民典型的熱誠和樸實。他堅持邀我到寓所作客，所以今天傍晚我依約前來。

張萬成的寓所在巷弄內，房子就跟我平日常在阿拉伯住宅區看到的一樣，有股濃厚的伊斯蘭古味。住宅的前緣也是白牆綠門，門前也得登上幾個石階才能按鈴。沒想到推開了門，迎面即是狹窄而黑暗的長甬道，盡頭處的小廳好像可以通到後院。

二樓方方正正，綠色的木窗櫺也透出阿拉伯味。只是原本該鋪上羊毛地毯的樓板，換成一座雕花的深咖啡色木椅；原本該放置掛毯的白牆壁掛上了一幅梵谷的複製畫。

客廳的右後方是個小餐室擺著一個簡單的方桌，桌上已經放置了幾碟菜餚和餐具。主人讓大家坐定後，就表示那是阿拉伯幫傭燒的菜可能不中不西，希望大家包涵，可是他從昨天起就以文火煲了一陶鍋的佛跳牆保證家鄉的庄腳味。

張萬成說完就起身去廚房端菜。轉出時，雙手墊著抹布小心翼翼地捧著一熱滾滾的小陶鍋，邊走還邊嚷著：

「消滅匪貨！消滅匪貨！」

小陶鍋溢出了濃郁的食物香味，果然有鄉下辦桌的味道。

大家都笑了，也不知道是因為香氣或者那句俏皮話。李、林兩人也跟著嘟噥「消滅匪貨」之類的話語，顯然他們都知道這句話的意涵。原來達曼市內有個老華僑開著一家生鮮超市，他店裡的南北貨基本上都從大陸批來。張萬成所謂的消滅匪貨就是意指吃掉他在生鮮超市買到的食材，有點迷你唐人街之意。想來住在達曼的台灣人懷念家鄉味時多會到那超市補貨。

餐桌上喝著沒有酒精的黑麥啤酒，大家仍然吃得津津有味。主人又端出一盤羊肉燉飯，於是話題就轉到米上頭。台灣農技團到沙國就是協助他們種植水稻，沙國的長米目前基本上都是靠進口的。

「不是偶自誇，非洲若沒有農技團就沒有那麼多邦交國了；沙國若沒有農技團也不會在聯合國那樣挺偶們了。」張萬成自豪地說著。

「我們榮工處也不賴，要幫他們在吉達建個港。」年輕的林先生插了一句。

「跟沙國的關係對我們台灣極為重要。沒有沙國的貸款就沒有十大建設。」李教授附和的說：

「我西螺的老家就靠沙國提供的無息貸款蓋了中沙大橋。三千萬美元唷！」

「費瑟國王當政時對我們很友善，可惜被刺死了。幸好他遇刺前就答應了孫運璿，要如數供應原油才讓台灣撐過石油危機。」

「現在沙國跟台灣還是很緊密。前不久不是嚴總統才來過嗎？我聽說沙國有部隊在台灣受訓。」

「台灣不是也有飛官在這裡嗎？」

幾個人你一言，我一語的談論起中沙關係。沙烏地是我們最重要的盟邦之一。台灣在聯合國席次的保衛戰，主要就依賴沙烏地阿拉伯的仗義執言，後來中華人民共和國取代了中華民國的席位，沙烏地還主張中華民國以台灣的名義留在聯合國。可惜，這個提案沒有通過，台灣終於在一九七一年春黯然退出聯合國。

雖然遭此挫敗，沙烏地仍雪中送炭，在台灣最危急的時候伸出了援手。同年，沙烏地阿拉伯給予鉅額貸款協助台灣進行十大建設，中山高就是其中之一；有了這筆錢，台灣才得以順利的轉型茁壯。台灣被逼退聯合國不久之後美國及日本就和中共建交，再加上蔣公逝世接連遭逢巨變，風雨飄搖中台灣的民心士氣卻沒有潰散，十大建設安定的力量功不可沒。蔣公逝世當天，風狂雨驟，天象碰巧大變，靈柩扶靈繞行台北那日我姪女和其同學們列隊馬路兩旁哭得死去活來。事後我問她是否受到師長的鼓勵，她回說完全自發，當時的氛圍使人失去理智，好像沒有明天一樣。但是這種絕望的感覺大約只維持一個星期，人們又漸漸地恢復笑容，年輕人對未來又再度回復信心。若非十大建設如火如荼的進行各項成果也如期展現，台灣應早就潰散了。說也奇怪，對如同風前燭的台灣，沙國還肯貸與鉅款；而政府投資台灣的用心人民也感受到了。政府為了要營造危機感的口號，比如：「莊敬自強，處變不驚」、「退此一步，即無死所」等充斥於媒體上，可謂觸目心驚。但隨著十大建設的進展，年輕的我們對未來卻有著奇妙的安全感。沙國貸給台灣，又何止是錢！

沙烏地對台灣如此友善，有一大部分是基於費瑟國王與台灣的投合。費瑟從他的攝政王時代就標舉著反共為其三大政策之一，而蔣公也是完全反共，所以兩人立場一致，再加上沙烏地阿拉伯雖然有錢到底是由沙漠部族組成的新興國家，而台灣是個相對現代化的地方，台灣有助於沙烏地阿拉伯的現代化。因此，兩國相互依賴。兩國人民雖然彼此認識不多，受政局影響，基本上也很友好，台灣回民的清真寺，更是友善的標誌。但是沙國與台灣的心理距離太遙遠了，台灣人看沙國像是個沙漠中吹起的風暴，中東石油的暴發戶。

我問李教授為什麼離開學校到沙國來。李教授說明他的人事資料並沒有離開學校，只是借調罷了。

「還不是為了多賺點錢，好改善家裡的生活。」

張萬成接著感嘆地說：

「偶去非洲時才三十多歲，頭上都是頭髮。如今已近五十囉。人生有多少年能經得起這樣的長年離家？還不是為了改善家人的生活？可是誰領情啊！」

「你為什麼來呢？」張萬成語氣一轉，問向了我。

我表示台灣跟沙國的貿易很興盛，沙烏地就像個金窟一樣，所以公司派我來淘金；而我自己也想藉此來證明自立的能力，我希望我母親和妻子能明白我是可依靠的。

林文雄饒富興趣的看著我，並說：「我們的心態都相同。」他接著又說：

「我們這一組努力的目的在於改善家人的生活或者至少有能力在未來改善家人的生活。」

「不只如此。嚴格的說，我們存在的價值在於……」李教授稍作停頓了一下，顯然在思考著用詞，「透過對群體有利的作為來獲取適當報酬以改善家人的生活。」

「對極了！定義得好！」林文雄興奮地拍了一下自己的大腿。「我們雖然只想改善近親的生活，到底是凡夫俗子，卻也是種利他行為。我們活得充實是基於利他的相對性。」

我不懂他為什麼說這些，臉上一定露出了困惑的表情。

「我要引申出的結論是……」林文雄像是加重語氣似的頓了一下，「現在流行的存在主義太強調個體的獨立性，所以容易流入虛無主義。王尚義的《野鴿子的黃昏》你應該讀過吧？」林文雄轉頭問了我。

王尚義是位被台灣學子們崇拜的天才型偶像，一生卻呈現造化弄人的悲劇命運。他生在河南，自小就展露出過人的才氣很是活躍。國共戰爭中，父親是高級軍官先撤退到台灣，家眷隨後自行從北方逃入香港調景嶺難民區。王尚義年紀小不懂為什麼要逃難，後來被告知他的父親在國軍中服務，才萬分不捨的隨大人遠離熟悉的家鄉。到台灣後被分發到員林實驗中學就讀，獨自在物資貧瘠的環境中成長。

後來王尚義以第一名的成績考上了台大醫科，卻熱愛上任何形式的藝術舉凡音樂、繪畫、哲學以及文學等，學習拿解剖刀的手，卻拉得一手悅耳小提琴。與李敖等人交好，對自己同寢室的醫科同學，反而有點生疏。王尚義跟家人也不親近，疏離而寡言。雖然身為長子即便才氣縱橫，卻因不能融入而成為父母心頭的痛。和表妹談了一場轟轟烈烈的戀愛，但表妹的母親，也就是他的姑媽卻極力的反對。經過此事之後，他跟家人愈形疏離並且改信佛教。對生在基督教家庭的王尚義家人而言，這無疑是對家庭的背叛。

從此，王尚義在寒暑假也極少回家，常寄宿在山林的佛寺裡。醫科剛畢業，就被診斷出患了末期肝癌，在二十六歲那年英年早逝。他在世時雖才華洋溢但沒沒無聞；死後，父親將他的遺稿整理出版了共六本書。沒想到大大風行。

尤其中篇小說《野鴿子的黃昏》更是席捲了年輕學子的心，竟然有兩名女學生受此影響而自殺身亡，社會為之震動。

於是人們將王尚義和存在主義劃上了等號。存在主義是西方的主流哲學思想，在台灣也是。原來的西方思想奉行「本質先於存在」，好比若要印製人形物必要先有個人形模具才印得出。亦即人類先有本質為人才能成其為人，此種說法符合神授論等等。但是達爾文的物競天擇說問世後推翻了這個看法，人類是演化來的，人類的存在完全是偶發的機遇並非神授，因此人要對自己的作為負責。沙特提出了「存在先於本質」的說法。人模是由於我們將它做成人模，因此印出來的才是人形泥偶。

存在主義冷靜的窺伺神聖面紗後面的真面目使人理智，本應造就勇敢的人。但也正因不再有神聖面紗，存在主義的信徒感受到理性的孤寂，開始質疑起存在本身的意義，所以才跟虛無主義掛在一起。弄到後來又被簡化為——存在先於本質，但又為什麼要存在？

存在主義者質疑自身存在的意義，當然也會質疑旁人存在的意義。鼓勵疏離，過於強調自身存在的純粹性，因而失去了可貴的利他性。利他是個可以從廣泛角度來鼓舞人熱烈活下去的動能；而利己卻有其侷限性，容易讓不貪婪的人不知為何而活，為何而存在。

存在主義既否定性質的本來存在，也就隱含著挑戰既定體制的權威。在這樣的思潮下，另一本《拒絕聯考的小子》馬上就風行了，許多學子也跟進拒絕聯考這個既定體制。隨後，龍應台的《野火集》等等，也多少藉挑戰既定秩序而立，間接導致後來風起雲湧的美麗島事件和野百合學運。

「以前看過了。可是沒有什麼深刻的印象。記憶中，我對小說主人翁的某些作為還不是頂認同的。實在想不透為什麼有人讀了這本書會去自殺？」

「是啊！」李教授接口說，「假如存在真的一點意義也沒有，幹麼那麼費勁去自殺？自殺是個改變現況的激烈手段。我是說改變，並非改良喔。」

大家對那兩位少女的自殺都很惋惜。從刊載的照片看來，兩人皆眉目清秀可謂姣美，就這麼在正值花樣年華之際謝掉了。大家充滿了惋惜之意，談話也就冷了。

「吃菜！吃菜！別只顧著說話。」主人先舀了杓佛跳牆到自己的碗裡，做個示範。

「好，好！吃，吃！」李教授又提起了興致附議，「我吃故我在。」

大家都笑了。我吃故我在，做個庸俗人充實活下去，又有什麼不好？

吃完了飯，主人讓大家坐回客廳的花雕木椅，換上了用紫砂壺泡的台灣烏龍茶，話題又轉回存在的價值。

經過你一言我一語熱烈的討論後，大家的共識是存在的價值必須藉由旁人才能定義的。比如：存在的價值在於努力工作以帶給家人更好的生活。如此，就是藉由家人的感知來定義。即使是個植物人也有存在的價值，因為他能帶給關心的人希望。

日本有部老電影描述在某個貧瘠山村行之有年的傳統，婦女若活到了六十歲，即會被視為已經衰老到完全失去工作能力，但卻還要分食原本已經不足的食物，使少壯者更加匱乏。因此，山村裡的婦女若過了六十歲，就要告別家人獨自上山在饑寒中死去。在當地，因為食物的不充足，這是個為了確保家族延續不得不被遵循的傳統。有位老母親年過了六十，依照傳統是到了她要離家的時候了。子女心裡很清楚這即將發生的事，但又不捨深愛的母親離去，母親也像大部分人一樣，不願就此死去。然而傳統樹立已逾千年他們必得遵循，要不然先人就白死了。此外還有個現實問題，老母親已不再能工作了，而食物不夠分配，年幼的孫子處在吃不飽的狀態。母親、兒子和媳婦都沉默的認知這個事實——老母親年過六十了，已垂垂老矣，但老母親不想死、不願死；另一方面，兒子也捨不得母親走，不能接受失去母親的想法。但是家裡頭每個人同時又都處在捱餓狀態中。母親的存在，對兒子的意義非凡；但母親的存在卻也因此產生負面的價值。意義不等同於價值。意義是精神世界主觀上的認知，屬於個體性的感受；價值卻是物質世界客觀上的衡量，是社會性的互動。

終於在一個夜晚，老母親把她晚餐分得的食物靜靜地放回榻榻米上，然後佝僂著身子悄悄地推門走出屋外，就著積雪的反光一步一步蹣跚地走向黝黑的山上；而同睡在房內的兒子此時也被驚醒，覆披著棉被坐起身，從窗子被推開的細縫中淚流滿面目送老母親一步一步往山上走去，他的淚水決堤般地流下卻未發出一點聲音，可想像那做兒子的無力感和悲傷。

老母親的自殺和女學生的自殺是不一樣的。前者的作為是為了保存家族的延續，出發點是利他的；而後者的作為是要為自身存在找出意義而不得，出發點是利己的。

因受限於時間，唯一未決的爭辯是：假如在深山空谷有個不為人知的群體，難道就沒有存在的價值嗎？

「活著本身就是一種價值。好好的存在，就是意義。」

「但是物換星移，生命終究會腐朽。它的純粹意義在哪裡呢？」

「的確。一切終將過去，連再偉大的事蹟也不例外。然而，百千年之後的我們，讀起那事蹟仍一樣深受感動。某種感動，不受物質毀壞的影響，它能單獨存在而不朽。」

「你好像在說佛的拈花傳法。他與阿難彼此相視一笑，不藉語言文字直指本心。某種感動能直指本心，縱使那心有毀壞的一天，但感動卻可藉不同心的傳遞而不朽。」

那個晚餐，就在這充滿哲學味的討論中度過了。告辭時，推開了大門，屋外是蜿蜒的巷道。抬望眼，是冷冷的星空以及夜空中央的一彎弦月，風已轉涼空氣中微有寒意，我們三人前去取車，走在安靜的巷弄中，喀喀的跫音擊破了夜的沉靜。異國的夜啊！

10

最後的一筆標書在上星期六已經送出，呂新銘在本地最困難的工作也算完成了。前些時候，他都埋首在海灣工程公司的小會議室裡，一天工作十數個小時核對各種規格、成本和交期等，還要跟台灣公司做好確認。阿里那些阿拉伯人，對他一個人就能處理那麼多事務、橫跨那麼多品類，真是佩服有加。

「這不算什麼。在我們那兒，大家都能做。」他原想謙虛幾句，但聽起來更像在損阿拉伯人。

事實上，呂新銘只是說出心底的憂慮，他能做的競爭者也全都能。在台灣，貿易業的同行，個個如狼似虎心比天高，又能低頭坐小耐操肯吃苦，不怕失敗就是要出頭。他多麼希望那些競爭者能緩一緩。不過，他個人是絕對不會緩的，時間不多而市場正被瓜分中。

這幾天他關在房內，等電話來通知陸續開標的結果。這種枯燥的等待真要把他逼瘋；帶來的書都看遍了，而沙烏地的電視節目全是呆板的政令宣導。他自嘲是等電話的應召男。他不知道「應召男」的英文怎麼寫，在拍回公司的電報上，他自稱「call boy」，希望同事能懂。

因此，從昨日起他開始往外跑；他先和海灣約定，在每日例行的祈禱後他就會主動撥電話給阿里，照上班的時間來算，那是一日三次。

昨天銀行經理幫他約了先前詢問開信用狀的那些商家，再來銀行談。他借用銀行的地方，約來熟識的報關行，連同銀行經理，提供一條龍的服務，有生意大家一起做。在對手的價格上，他給了3%折扣再加上進口手續上的協助。一張張信用狀開了出來，允杉公司是受益人；他端坐在銀行的會議室內，神氣極了！輕鬆極了！

昨天他談了六家、今日四家，自揣一切進行的神不知鬼不覺，心裡好得意。回酒店時，他瞥見那個菜鳥就在咖啡廳裡喝著飲料，一副得意洋洋渾然不知死活的樣子。先前，他讓公司探探那菜鳥的底；剛退伍不久，空降第二旅，第一次到中東來。達鋒公司？新成立的小公司，但那菜鳥的名聲在建材界好像竄起得還蠻快。算是達鋒的第一把手吧。

在走過的時候，呂新銘用眼角餘光打量一下他的對手。心想著：「小子，別怪我心狠手辣背後捅刀，這是個強者全拿、適者生存的社會。我可也要拚出自己的房子。」

Grace 應該從沒想過買房子這檔事，所以目標全聚集在一班公車可達，而且生活機能要方便的地方。因此，大約就在古亭區一帶，可是這一帶都是二手屋出售，分期不了，呂新銘又沒有足夠的現金。他較中意的是松山、南港等地，不但有預售屋可依建案的發展時段來付款，建商還可統一貸款能享較大的成數。他愈看那一帶愈好，每個新建案都描繪出一個美滿的新生活。然而，Grace 滿腦子都是舊城區。他不願違逆她的想法又相信假若選擇了舊城區 Grace 終會後悔，反正現在先住在鄭先生那兒，他就藏起自己的想法，再慢慢找機會告訴她。

他直著腰，面無表情的板著臉越過了那新手。板著臉孔不是存心要端著，他必須要再三深呼吸才能調勻砰砰跳的心；呂新銘有先天性心臟瓣膜閉鎖不全的宿疾，容易氣喘。

回房沖涼後，他下樓到咖啡廳吃晚餐，點了份羊排、雞塊和酸奶。他鄰桌的隔壁，坐著一對兄弟正細聲的低語，那哥哥十分面善想來是此地的常客，而弟弟則大概是準備接手。做哥哥的正在交代他事務，那弟弟學習力很強，呂新銘隱約側聽到隻言片語。哥哥在教弟弟如何計算鋁門窗的成本，不同的玻璃材料有不同的隔音度，而不同的剪裁也會導致不同的效果，這些都會影響到成本，那弟弟好像能心領神會，舉一反三。

「媽的，又多個難纏的。」呂新銘心裡暗罵著。大力地切下羊肉。

那對兄弟也點了餐，說說笑笑，把別人視為無物，他們一定賺夠了錢，才有辦法在一趟旅行中同時負擔兩個人的費用。

異國之旅有個伴真好，何況是兄弟同行。唉，上陣父子兵、打虎親兄弟。他不禁想起萬哩外，新婚的妻；不知此刻，Grace可好？在做什麼呢？

他想起和Grace感情進展的關鍵，那雖已是六、七年前的往事但歷歷在目。那一年，他們社團代表學校參加第三屆的大專盃辯論賽，題目是「法治與道德，孰重？」。在這一場，政大隊是正方，由她擔任主辯而他是結辯。無數個課後的晚上，他們反覆模擬、預備著。他猜想台大隊一開辯就會強調法治的重要性，尤其是對此刻的台灣。此點又極好入手，所以他建議己方的主辯不要挑戰對方的論點，而要繞過台大設定的主題去論述法治的重要是在於它的一貫性和可遵從性。這樣的策略，除了 Grace 以外其餘的隊友都反對。因為一開辯就要先附和對方的主要意見，那太危險了，如同未戰先丟戈棄甲。但是結辯、主辯兩個主將都贊成先認同對手的主張，再引申出道德功能性的不可或缺。Grace 那時還不是他的女朋友，充其量只是個戰友，她的贊同影響了其他隊友，最後大家也同意了這個貌似投降的戰法。

辯論會一結束，雖還未評分政大隊就知道這場己隊勝出。這可是摔破了大家的眼鏡。

這一屆的大專盃，把 Grace 和他的關係往前推進一步，雖然當事人並不覺得有什麼大變化，可是在旁人的眼中他們已是男女朋友了。

隔年又有個校際辯論賽。這次的題目蠻討喜的，「麵包與愛情，孰重？」他在愛情重於麵包那場，辯得淋漓盡致。Grace 在會後評論說 David 是個無可救藥的浪漫主義者，本來大家公認呂新銘的眼睛「不帶」任何感情，從此大家改口說呂新銘的眼睛，「不洩露」任何感情。

這點呂新銘真的做到天衣無縫，連對自己也不洩露，他對 Grace 的愛慕之情與日俱增，Grace 的一顰一笑都牽動著他的心，可是這些年來他是如此害怕嚇跑 Grace，他隱藏自己的感情因為他不能冒任何失去她的危險。他們倆人的差距實在太大了，所以他連自己也催眠假裝不受 Grace 的影響。久而久之自己也信以為真。但是 Grace 回去相親的插曲，把他的危機感都激發了出來！

雖然母親從來就不曾洩露出她的恐懼，但他從小就能感受到。他們住在烏日眷村的小土房是他父親在世時分發到的，並沒有所有權狀。母親一直害怕有會被收回去的一天，尤其在改變了用途做了雜貨店之後，更是日日恐懼。如果失去了這間小雜貨店，沒有遮蔽風雨的土房子，她真不知道如何獨力撫養兩個小孩長大。母親把恐懼深埋在心底，從來也不提，他雖能體會到卻不敢說破，深恐增加母親的負擔。他原以為只有自己知道這個祕密，直到初二那年，他和讀小六的妹妹聊天時，才知道妹妹竟也明白，只是跟他一樣不敢說破。雖然房子從不曾遭到催討，多年來三人卻懷抱著相同的恐懼戰戰兢兢著，但都沒有表露出來。年幼時他日日夜夜盼自己快快長大，就像那人行道上石板隙縫中迸出的野草，快點茁壯好經得起過路人的踩踏；稍長他又日日夜夜盼自己更加強大，才可以保護他的母親和幼妹。

懷著這樣的恐懼感在烏日眷村長大的呂新銘看到了 Grace 如此的女孩，自然不敢奢望擁有她。

不顧咖啡廳裡寂靜的氛圍，兩兄弟用完了餐，埋了單起身要離去；哐噹一聲，座椅被往後推了一把，旁若無人。他暗啐了一聲，沒水準，欠扁。

11

妳準時下班，換了兩趟公車，匆匆趕往民權東路盡頭的榮星花園。夏日的初晚，夕照猶有餘暉，但是榮星花園已閃爍起七彩的小燈泡童話般光鮮錦簇。空氣雖因夏夜的炎熱而顯得呆滯，但流暢的音樂以及歡樂的氣氛卻隱伏著被興奮所攪起的騷動。今晚在榮星花園舉辦楊祖珺的「青草地演唱會」，這是台灣第一次大型的戶外演唱，也從此開啟了民歌的年代。

妳原本怕自己會遲到，想不到還有些人仍在路上。允杉同事來了有十多個，先到的人就聚在街角，選個行道的寬闊處，一邊分享食物一邊等人到齊後再一塊兒入園。David 的同事們若有什麼活動總會約著妳，也算是照顧到 David 嫂。小蜜，David 的助理，笑說 David 在為國盡忠，他們算是替 David 盡孝。

INK PUBLISHING

讀者服務卡

您買的書是：______________________________

生日：　　年　　月　　日

學歷：□國中　□高中　□大專　□研究所（含以上）

職業：□學生　□軍警公教　□服務業

□工　□商　□大衆傳播

□SOHO族　□學生　□其他 ______________

購書方式：□門市＿＿＿書店　□網路書店　□親友贈送　□其他＿＿＿

購書原因：□題材吸引　□價格實在　□力挺作者　□設計新穎

□就愛印刻　□其他 ______________（可複選）

購買日期：＿＿＿＿年＿＿＿＿月＿＿＿＿日

你從哪裡得知本書：□書店　□報紙　□雜誌　□網路　□親友介紹

□DM傳單　□廣播　□電視　□其他

你對本書的評價：（請填代號　1.非常滿意　2.滿意　3.普通　4.不滿意）

書名＿＿＿　內容＿＿＿封面設計＿＿＿版面設計＿＿＿

讀完本書後您覺得：

1.□非常喜歡　2.□喜歡　3.□普通　4.□不喜歡　5.□非常不喜歡

您對於本書建議：

感謝您的惠顧，為了提供更好的服務，請填妥各欄資料，將讀者服務卡直接寄回或傳真本社，我們將隨時提供最新的出版、活動等相關訊息。

讀者服務專線：（02）2228-1626　讀者傳真專線：（02）2228-1598

廣	告	回	信
板橋郵局登記證			
板橋廣字第83號			
免	貼	郵	票

舒讀網「碼」上看

235-53

新北市中和區建一路249號8樓

印刻文學生活雜誌出版有限公司　收

讀者服務部

姓名：＿＿＿＿＿＿＿＿＿＿　性別：□男　□女

郵遞區號：＿＿＿＿＿＿＿＿

地址：＿＿＿＿＿＿＿＿＿＿＿＿＿＿＿＿＿＿＿＿

電話：（日）＿＿＿＿＿＿＿＿（夜）＿＿＿＿＿＿＿＿

傳真：＿＿＿＿＿＿＿＿

e-mail：＿＿＿＿＿＿＿＿＿＿＿＿＿＿＿＿＿＿＿＿

INK

男生在隔兩步的地方，正在交頭接耳眉飛色舞談得手舞足蹈，內容肯定腥辣；女生就識趣不去碰，圍成另外一堆，細細地談話。只有 Merry 仗著大姊年紀，揚聲招呼，說：

「小朋友，過來吃點東西！」

男生們踱了回來，話題似乎還沒完全結束，只見阿郎邊走邊反身說話，揮舞著手勢像在下結論。看到了妳，阿郎就問，是否每天還收到 David 寄回來的信？妳羞赧的點點頭。

David 出發後的第八天妳就收到他從達曼市寄回的第一封信，時間比妳預期的快很多；信寄到公司，當拿到收發室的小妹分送到手上的信時妳興奮的打電話給小蜜。像是分享，又像報平安。

他們對這麼快就到信也覺得驚訝，這並不符平日的時程。David 交好的同事 Kent 就賭誓這封信一定早在機上就寫好了，到了旅館知道房號後立即填上發信地址，就投遞了，才會這麼快。

隨後，妳每日都會收到一封 David 從沙烏地阿拉伯寄回的家信，信上逐日開始有了當地的風土人情，異國工作的種種趣聞。允杉應沙烏地阿拉伯海灣工程公司之邀參與一項大工程的投標，而 David 代表允杉公司，一方面支援客戶的標書，一方面也好防止客戶跑單。工作雖不是連續性的繁湊，但是該出席的場合，總是要在場。

David 近幾封都提到，在旅館等候開標的無聊心境，以及他開發旅館前那條三百公尺長商街的得意。

「那種爽勁，就像在烈日下前邊的農夫揮汗翻鋤田地，刨出泥土下的番薯；而你就跟在後面輕鬆地彎腰一顆顆撿現成的。」阿郎生動地做著比喻。

妳聽說旅館前的那條商街是達曼市建築材料的集散地，批發、零售，龍蛇雜混。David 公司雖渴涎開發那裡，但因為商家複雜，進貨以及銷貨的管道多元，而下不了手。他們買得雜，大都從當地進口商批貨，因此買價較高；但也賣得雜，大都賣給當地的零售客或小工程。典型的台灣貿易商，像 David 的允杉公司，大都不會去碰做批發零售的商街，而是跟大型的工程公司往來合作標案。雖說大工程案售價較低，並且來時洶湧波濤去時又毫無蹤跡，但目標明確容易聚焦，而且量大特別合適台灣的生產型態。

David 說當他在旅館等候開標作業時發覺竟有個台灣菜鳥，當真在沙漠五十度的氣候下徒步敲開一家家的門，挖掘埋在商街裡的需求。但這菜鳥卻結不了案，因此 David 就輕鬆地躡在其後一一跟著收割，替允杉公司打下了商街的基礎。

「菜鳥談成了生意，就等商街去開信用狀。這些商家平日都從當地大盤拿貨，哪懂得開信用狀，自辦進口？阿拉伯人極好面子根本不會承認自己不懂，所以就敷衍著那個菜鳥。」阿郎和 Kent 兩人爭相向妳解釋。

「這正好給了 David 機會，我們有銀行關係，可以介紹給商家開信用狀；又有當地往來的報關行，可以委託代辦進口。」

「人家說娶某前、生仔後，男人的運氣旺，但我看 David 是娶某後，運氣更旺。」Kent 帶著深意的看著妳。「David 回來後，你們可以去買套房了。」

David 因出差度不成蜜月，再三跟妳道歉。他花言巧語要妳想個最想去的地方等他回來再帶妳去，算補償蜜月，反正公司已答應給假並且負擔機票錢。

妳也曾認真地思索，卻毫無概念。最想去的地方？一個這輩子最想去的地方？想著想著，妳的眼前卻浮現出另一個畫面：

靠著牆的長沙發椅，它的左側站著立燈，散發出柔和的黃光。長方形矮桌的對面是鑲架著電視和音響的牆面，兩旁用木工做出的置物格，密密擱置著錄影帶、卡帶、書本，以及幾個小擺設。長沙發椅的右側是入門玄關，擺放著一座皮質搖椅，面向著電視牆。牆後，就是主臥房，主臥房的對面是嬰兒房，房中央置放著一張床，上面掛著會搖曳晃動發出叮叮咚咚聲音的流蘇床帳還有呵呵的嬰兒笑聲。這是妳最想去的地方！一個屬於自己和 David 的家！

David 回來後，可以一起去看屋子。買套房子！這是何等熱切的渴盼！可是一想到那絕望的菜鳥，妳不禁為 David 的安危操心。

「怎麼會呢？這是公事又不是私人恩怨，再加上 David 那麼大的個子，怕什麼！」同事說。

「但是終究他在暗處而 David 在明啊！」妳懦懦地表達了憂心。

「那個菜鳥活該要給個教訓。」阿郎是個帶點混味、帥氣的男孩，「中東市場，終究不是個他愛來就來愛去就去的地方。碼頭總得要拜！」

David 的同事們看來都贊成這個論點，中東市場似乎成為台北貿易圈的練兵處，市場秩序企待建立。給新入的菜鳥一點苦頭吃，教他鎩羽而歸，正好維護了市場秩序。

允杉公司與妳所服務的公司雖同是貿易尖兵，但兩家人員的氣質，文化迥然不同。妳的公司是歐美線，做成衣，人員比較洋氣，講究設計、重視認證；而允杉是中東線，作建材，人員比較豪氣，拚價格、講人和。妳公司是下班了，眾人各自回家；而允杉是下班了，活動才正要開始。

允杉的人員個個戰志昂揚，妳雖隱隱覺得不妥，但問了小蜜這兩日 David 是否有跟公司聯絡。

「有啊！David 陸續發回電報，報告得標的品項、數量和規格等。哈，昨日還收到了他的電報，美耐板得標了！」經小蜜這麼一說，妳就放心了。但願那個菜鳥明瞭公歸公、私歸私，這是組織行為也不全關 David 的事。

另一方面，妳不禁認真考慮看房子的事了。等 David 回來。最好是一班公車就可到公司。

妳寧可路途長一點，也不要中途下站換車。公司在松江路上。妳只要看公車站牌上沿線的區域，劃掉居住環境差或者每坪單價可能太貴的地方，要查訪的目標區就有限了。現在應該還不需要考慮學區吧。

David 騎摩托車，上下班的路線對他無妨。是不是該換輛汽車呢？這樣他冬天也不用騎機車忍受著颳風下雨的氣候。但是，錢就這麼多，房子還是比車子好，也踏實多了。

當他出國談生意時，在自己家裡等候他歸來的感受和在鄭先生家裡等待可完全不同。

12

他左肘架在搖下的車窗檯上，右手熟練地操縱方向盤，下巴的鬍渣剃出微青色。眼睛深邃。穿著長袖、西褲而不是一般的白袍。

他叫阿蘇茲，黎巴嫩人，因為家鄉戰火流落在沙烏地阿拉伯，從事貿易。我們藉著電信往返彼此認識。約好了，我到達曼後他做我的抽佣經紀人，一起跑市場。

車子滑得很快，達曼市一下子就被拋在地平線的另一方。兩旁的景物逐漸變成了滾滾黃沙，只見起伏的沙丘一重接一重形狀美極了，像精緻的胴體。望過去，無邊無垠，望上去，藍天浩浩。我原不想詢問以免顯得沒見過世面太大驚小怪了，但實在再也憋不下去了。

「我們駛進了沙漠嗎？」

「沒有。」他簡短地回答，頭仍向著前方。

「這不都是沙嗎？」我指了指兩旁的景色。

「公路只穿過沙漠的邊緣，」他下了個結論，「真正的沙漠不是這樣的。」

邊緣？

望了望四周只見起伏的沙丘連綿到天際，看到遙遠且模糊的地平線。

車子持續平順地快速向前滑行，我們陷入了一陣子尷尬的沉默。

車內沒有播放音樂的卡帶盤，那是管制品，正在尋思話題時，他開口了。

「我們要去拜訪的先生，手上有好幾個建案，是位大忙人。」

阿蘇茲開始介紹今天的行程以及即將會見的客戶，我認真地聽著直到後來明白了他真正的意思。他很技巧地要我了解，若不是他的關係我不可能見到這些客戶。商談時，我最好只針對產品、價格等，不要隨意多說以免觸犯了禁忌，而且不要交換名片。如果有客戶給了名片，收下後也要轉交給他，以利他後續的追蹤等等。

但是，當我們抵達目的地，登門拜訪阿布達拉先生時，我卻察覺他對阿蘇茲相當冷落。阿布達拉先生是個倨傲的商人，我們開了一個半小時的車而來，坐下不到五分鐘，阿布達拉先生就表明他上個禮拜才剛買了二萬片的木門，暫時不再需要了。

電話響起，他接起電話哇啦哇啦自顧自地說著，留下阿蘇茲和我錯愕於兩萬片的數量以及和大訂單失之交臂的扼腕。

阿布達拉先生繼續用阿語大聲講著電話，流露出志得意滿的神情。

掛下電話，他用英語直接詢問我來自何處，彷彿阿蘇茲不存在似的。

「我來自台灣。」

「Thailand？台灣在何處？」

「自由中國，或許你比較熟悉這個名詞。」我隱約感覺到了他的傲慢。

「哦哦！自由中國？當然了。它在中國大陸裡面嗎？」

我花了幾分鐘介紹了一下台灣的狀況，心裡決定要挫挫他的驕氣。我知道他剛買下兩萬片空心木門，因此跟他敘述空心木門的創新做法。

利用合板下腳料做成蜂巢狀的支撐內裡。如此雖使用較薄的門板，也能符合耐壓測試的國際標準。

「有什麼益處？」他不解地問。

我直視著他的眼睛，得意地說：

「除了門較結實以外，有了蜂巢的內裡就不需要六公釐的合板來作門板，用二公釐厚度就能承受。一個門有兩面，想想，省多少？」

他做出恍然大悟的神情，然後要我給個可成交的價格供他參考。

來了！這就是我的目的。既然他才剛買兩萬片木門短期內不會再買了，所以，我把心一橫給了個絕對低的價格。先引起他的興趣，下次有需要時就會跟我聯絡。

這個絕對低價輪到他扼腕不已，一副悔不當初的心痛樣子。

「你稍等一下，」

他離開一會，回來後手上拿了張名片遞了給我。

「請也給我一張你的名片，如此好彼此聯絡。」他鄭重地遞出他的名片。

「哦，你聯絡上阿蘇茲，就可聯絡得上我了。」我斜眼瞟了一下阿蘇茲，心裡好不得意！

告辭時，阿布達拉先生殷切地送到門口。

上了車後，我們又往下個市鎮駛去。

這裡的人，看起來與達曼市的不一樣。經阿蘇茲解釋後我才明白，原來我在達曼市內遇到的絕大部分是外來人口，而在這裡碰到的才是真正的沙烏地人。達曼市內的沙烏地老闆不會親自在店內工作，而是聘請其他阿拉伯人作為經理，大部分來自黎巴嫩、敘利亞或約旦；至於膚色較黑的民工，則大都來自巴基斯坦和印度。

我這才明白我在達曼市經常吃午餐的餐室，就是專門做給外地勞工們用餐的地方，難怪那麼便宜。一大盤白米飯淋上肉汁，上面鋪著幾塊厚羊肉才要價兩里亞爾；在飯店用餐，起碼要二十里亞爾。難怪他們喝得下街角供水檯的淡化海水。現在想來，我是餐室裡唯一穿西裝打領帶的人。

當車子再度駛上「沙漠」公路不久後，我發現前面遠方似乎有東西。是眼花嗎？是海市蜃樓嗎？當車子愈駛近時我愈確信有一些東西就在前方，用目視就可看出陰影。有東西在太陽下閃著光，難道是騎駱駝背長槍傳說中在沙漠裡十分善戰的貝都因人？

正當我要叫出聲的剎那，就接近了目視距離。我看到前面右邊的沙地上，停泊著近千輛的汽車，有的烤漆還在陽光下閃耀。

「這是汽車墳場。」他看出我的好奇，「沙烏地人有錢買車卻不會修車，車子不能開就被丟在這裡。」他輕蔑地補充著。

汽車墳場？被丟在這裡？我不可置信地看著。

我們的車子開了許久還沒駛出這片汽車墳場，可見汽車墳場占地之大，被拋棄的車輛之多。

有的棄車看起來整齊的就像新的一樣，鮮豔的烤漆在陽光下還跳躍著光澤。我想起了數萬公里外的台灣，我在家還騎著偉士牌摩托車。我想起大腹便便，即將於十月臨盆的妻。生下了孩子後，摩托車該換成汽車吧，有了車方便載全家。電視上的廣告，雖說是為了宣傳，但一家出遊的方便性也真能創造幸福。我又心想：既然要換，不如回去後就買下了，妻子即將臨盆，挺著大肚子坐在摩托車的後座，還得忍受路上的顛簸。可是我的薪水養不起一部車，買得起但養不起，這又怎奈何。除非公司能幫我支付維護費和油錢。

公司會嗎？會，我這麼賣命！但是賣命卻沒有成果又有何用？拿到的生意，夠支付這趟旅費嗎？老闆划算嗎？反覆思量，心緒離買車子愈遠了，懊惱著那些在達曼商街被奪走的訂單。

下個城鎮，我們要去拜訪納賽爾先生的店。納賽爾先生是位有點矮胖的沙烏地阿拉伯中年人，不會說英語但相當和氣，一直笑著臉。他對我帶去的塑膠地磚相當有興趣，阿蘇茲充當翻譯。

我用拳頭撐在塑膠地磚樣品的正中央，讓四個邊角自然地下垂。

「適當的下垂很重要，這樣塑膠磚鋪下後，久了邊角才不會翹起來。」

「但下垂太多是不好的，顯示過軟了不耐用。」

我又介紹了品管的過程和手法。阿蘇茲賣勁地翻譯。

我們討論塑膠地磚的花樣和印刷，我示範了個簡單的測試，納賽爾先生顯得十分滿意。

他們又用阿拉伯語聊了許久，有說有笑。兩個鐘頭後我們起身告退，但是納賽爾先生並沒有下單。

一上了車，我立刻問阿蘇茲這件事。或許急了，我的口氣可能有點像質問。

「他哥哥去沙哈林，還沒回來。他一個人，不能下單。」阿蘇茲耐心地解釋：「等他哥哥回來，我再跑一趟就可以了。」

隔天下午拜訪完了一位客戶後，阿蘇茲表示他的合夥人就住鄰鎮，他要帶我去走走。既然是他的合夥人，理當認識，就欣然同意了。原本以為是很短的車程，沒料到阿蘇茲東繞西繞，一個鐘頭後才停下來。停車後，他帶我穿越一大片白色的平房走過了好幾個院落，在一個天井樣的空地尋到了他的合夥人，此人罩著阿拉伯白袍，沒戴白帽，略顯瘦消，相貌舉止都很平常。阿蘇茲就站在空地上，跟他說了幾句阿拉伯話，然後這男子望向我面露出微笑，很鄭重地伸出手來。握完手後，又很鄭重地擁抱，在左右面頰上各點了三下，阿蘇茲始終沒用英文幫我們雙方介紹。他又說了兩句，就示意我該離開了。自始至終我們都站在空地上，前後才幾分鐘，我連句話都還沒說拜訪就結束了。然而，光是開車來的路程就花上一個多小時。

這實在不合常理，也浪費了寶貴的時間。

「我要讓他知道我在忙些什麼，」阿蘇茲解釋：「我說你是台灣來的大廠商。」

難怪他對我行貼面禮。

「他既不懂英文也不懂貿易，所以我才沒有介紹他。」

「既然他什麼都不懂都不做，你為什麼還要這樣的合夥人呢？」我不解地問道。

「因為在沙烏地，只有沙烏地阿拉伯人才可以是老闆，我無法成立自己的公司。」他說。

這下子，我明白了。火紅的落日，就掛在前方的沙丘上，太陽此刻已失去了灼目的威力，它的輪廓顯得很立體，重重地垂掛著，橙黃的顏色把天邊都燒紅了。

「史考特，今天是我的生日，我都三十歲了，卻什麼都沒有。黎巴嫩還在戰火中，而我的家人在那裡。」他的聲音有點乾扁，聽得出刻意的壓抑。

我不知道該怎麼說才能安慰別人。其實我自己也有很多的煩惱，十月即將臨盆的太太，該換成汽車的偉士牌，被別人奪走的生意。

「真的？生日快樂！」覺得自己說得好像例行公事一樣，所以又趕緊補上一句：「現在跟以前不一樣了，你現在有了我這個生意夥伴，阿蘇茲和史考特聯手起來，可以做掉這個市場！」

或許，應該把自己的能耐再吹大一點，如此可以強化他對我的信心，進而鞏固這個聯盟。我開始吹噓自己在達曼市的長街拿了多少單。我愈說愈興奮，阿茲蘇的臉色卻愈發陰沉。

他一句話也不說地往前開。落日已轉向，沉沒在我們的後方。隱約看到前方地平線上次第亮起的燈火，暮靄蒼茫中，達曼市在望了！

13

銀行經理打電話到飯店給他，說聽到阿卜杜勒先生又去別家銀行探詢如何開出信用狀。阿卜杜勒先生在商街經營建材生意，是個領袖級人物，對那些商號頗有號召力。阿卜杜勒剛跟他下訂，原本答應這兩日透過他的一條龍進口代辦服務，開出信用狀給他。

阿卜杜勒不但沒有依約從經理的銀行開出信用狀反而向別家銀行詢問，有幾戶商家跟著阿卜杜勒一起行動，所以銀行經理擔心生變，丟了業務。

呂新銘安慰了銀行經理幾句，匆匆用完早餐就出門了。他走到阿卜杜勒的店前，推門進去。在當時的沙烏地阿拉伯一般習慣，你若要進行拜訪，去了就是。預約被視為對雙方不當的約束，是否見得成面則要看阿拉的意思。

阿卜杜勒的店比一般的要寬多了，大約是二個單位併成一間。他和店裡的費薩爾禮貌性的擁抱一下，就被帶往阿卜杜勒個人的辦公室。阿卜杜勒正帶著老花眼鏡在讀一堆文件，看到了他走進，便摘下眼鏡隨手壓在文件上。他微微弓著著腰臉上堆滿了笑，伸長了手和呂新銘握了握。

「坐坐，David。剛好有個朋友從伊斯坦堡帶來一批咖啡。」

他們啜飲著咖啡就著小餅乾，天南地北的閒扯了一陣。阿卜杜勒接著話題一轉，大嘆近年來生意難做，買家越來越難滿足。

「唉，David，你們廠家不知道我們夾在中間的辛苦，批發商也有貢獻，這麼微薄的利潤，要怎麼養家餬口呢？」阿卜杜勒先生說得很生動，跟他唇上整齊修剪的鬍鬚，顯得相當反襯。「大家都要活下去啊，」他接著說，「所以下街的那幫商家，唉，大家都是同業嘛，日子難過能了解的，為了節省一點費用，也就只好抽單轉向了！」

他知道阿卜杜勒切入了正題，先向他訴苦打預防針。

果然，生變了！他心想。

「當然，當然，做生意嘛，大家都要得利才有得做。只是不知道您剛才說的下街商號一共有幾家呀?」他要先知道,阿卜杜勒手上有多少籌碼。

「至少有五家。抽出的單估計有四十幾萬平方米的合板。那也是不得已的,想想四十幾萬平方米,就算每平方米節省了幾塊錢也夠那幫子養家餬口了。」

「看來阿卜杜勒先生是作頭的人,大家都跟著您。」

「哪裡哪裡,那是同行抬舉。大家利潤微薄嘛。」

「別忘了,阿卜杜勒先生,我們的約定可是不論您拿到什麼價格都是3%折扣。另外,我還提供一條龍的服務。從開立信用狀到報關進口。若不能自辦進口,海外廠家價格再低也是一場空話。」

「只是,David,另外那個台灣工廠可是跟你的價格有一大段差距喔。」

呂新銘臉上依舊含著笑心裡很篤定,別人的價格能便宜到哪裡去。

阿卜杜勒拉開抽屜,拿出了一張訂單複印本,遞給了他。那是墊著藍色複寫紙謄寫出的複印本。

呂新銘看著那上面的價格,有點難以置信,他拿出計算機按了一陣子,抬起頭噓一口氣,若有所思地望著前方。這是工廠的生產成本,再低就虧了。那菜鳥一定察覺到了,才有這種玉石俱焚的打法。

「那傢伙怎麼這樣快就能察覺到呢？」他心想，「就算知道了，又怎麼能這樣快就下了如此慘烈的決心呢？」

阿卜杜勒端凝著呂新銘臉上陰晴不定的神情。

那傢伙還是第一回來，若給他多跑幾次他不就成了中東精，爬到頭上來。呂新銘慢慢回過神，好像下了一個注解：要趁早把他踢出中東！

他又瞄了一下數量，十二萬平米。吸了一口氣，臉上堆著笑平靜的說：

「約定就是約定，阿卜杜勒先生，一樣是你手上價錢3％的折扣。」

阿卜杜勒有點喜不自禁，又有些懷疑。

「不過，我這3％折扣需要下街那些商號共同加起來的數量才有效，您剛才提到四十幾萬平米。您是知道的集量才能節省成本，要不我那3％是虧定的。」他又接著補充。

「希望能從一條龍服務中賺點微薄的利潤。這樣，您也不會為手續事而心煩。」

他們又談論了一會兒生活的困難以及在這個城市生存下去的殘酷。

當阿卜杜勒先生送出呂新銘時，他們已經做好協議。阿卜杜勒先生有4％的折扣而其他商號則只有3％，但是阿卜杜勒會把1％折扣留在台灣允杉公司內隨候他另外的指示。

離開店時，他跟費薩爾笑了一下，眨了下眼，算是道別。

他繞道銀行，看望他的經理朋友並告訴他搞定了！銀行經理把他奉若神明。

吃完午飯後，他攔了車前去胡賽工程顧問公司，看望朋友並取回護照，胡賽工程顧問公司其實就是允杉公司在達曼合作的中間商。

兩家公司已有多年的合作關係，允杉的人把胡賽公司當作自己在達曼的家，要延長簽證就交給胡賽代辦，一向如此。

他下了車，按了十二樓電梯，走入了室內，胡賽公司沒有幾個人，他推門走進時大家都放下手上工作，爭相跟他打招呼。他放平〇〇七手提箱從中取出台灣帶來的花生酥，供大家取用。只見六、七個人圍著櫃檯，說說笑笑的鬧成一團。

有人遞給他一杯咖啡，他接過啜飲了一口。

「哇，好棒。謝了！咦，阿巴斯呢？」

「他今天沒進來。」難怪公司內一派輕鬆，看來今天拿不成護照，他白跑了一趟。

阿巴斯是胡賽公司的老闆。通常，在達曼阿烏地阿拉伯老闆不會涉入日常的事務，阿巴斯是個例外。不像其他的沙烏地人，他親自操作生意，大概是因為他比較精明之故；而他也比較勤奮，常跑台灣。

他常愛炫耀額頭前的一塊烏青印子，那是每日勤做禮拜叩頭得來的，阿巴斯以此來證明他是個好人，虔誠的穆斯林。可是他喝起酒來卻完全不像，他酒量好酒品差，跟保守的穆斯林形象完全不一樣。阿巴斯有兩個老婆；依教律，他可以合法地擁有四個老婆，這點使多少個允杉人想改信回教。

「但是，我更羨慕你們台灣人。」他左右各擁著一個身材窈窕的女孩，幾杯白蘭地下肚，在台北酒廊燈火曖昧的小包廂內。「你們只能有一個老婆，卻可以有無數個女朋友。」

阿巴斯說的可是真心話，他娶了第二個老婆後就不再娶。常笑問阿巴斯為什麼不再娶，他會瞪著大眼告訴你，他已經傻過了一次。多一個老婆，意味著多一個嘮叨的人以及很多的小孩，男孩、女孩、很多張口。

回教男人可以娶四個老婆的立意，可能是要解決當時的社會問題，四個老婆必須分住在四個不同的地方。因此，旅行的男人可以得到照顧。以前，旅行可是要騎著駱駝，穿行過沙漠的，也只有商隊才有這個財力養得起四個家，四個老婆；而女人，因為沒有謀生的能力，沒有老公的若不能再嫁，則只有餓死一途。所以容許經常旅行的有錢人娶四個老婆，也算是另一種社福的網絡吧。

阿拉伯世界以外的女人衣著，比如：光著臂膀，露出一截腿，對阿巴斯而言，是個挑逗也是個挑釁，精確地說，挑釁大於挑逗。他有妖魔化女人的傾向，至少，對非阿拉伯的女人，他有種奇異的又愛又恨的感受。不喝酒時他還能控制，但是三杯下肚，他對女人就略具攻擊性。允杉的人都避免帶他去酒廊，但是阿巴斯本人極為愛去。阿巴斯不是位品格端莊的穆斯林。然而他雖然難以讓人尊敬，卻是個可依賴的生意夥伴。

「請你跟他說，我來過了。我要取回加簽的護照。」呂新銘離去時，託人轉告。

14

太陽已經炙熱了。可是阿蘇茲還沒出現。

站在旅館大廳，隔著玻璃門等他。遲了這麼久，我一再地望著腕表，彷彿可以讓時間停步。雖說阿拉伯人的時間觀念較模糊，晚到半小時算準時，但是阿蘇茲過了這麼長的時間仍未出現實屬異常。又再次看看手上的腕表，心想若過了九點半，他還不現身，就搭車去找他。阿蘇茲住在市內，他曾帶我去過。

十來分後，距離我們約定的時刻，已過了兩個小時。我上了計程車，他失約了。

計程車在巷弄裡循著地址鑽來鑽去，一會兒我又看到了那棟貌似宿舍的公寓，阿蘇茲就寄宿在三樓第二戶人家。我拾階而上，樓梯相當寬敞，大概是為方便住戶疏散吧。

三樓那戶人家的大門沒有門鈴，只好拍門叫人，出來應門的是一位穿著阿拉伯短衣的中年人。我表明來意，他搖了搖頭咕嚕了兩句阿語，帶點抱歉地看著我，應該不通英語，但我還是只能用英語說了請他轉告阿蘇茲，並遞給他一張名片。他接下名片，眼神似乎明白，我只得快快告辭。

下了樓，到四周可供停車的空地繞了一圈，沒看到阿蘇茲藍色的 TOYOTA，他果然不在。

他怎麼會突然不告而不見？難道阿拉伯人都是這麼不可靠？我急得六神無主，因為我把兩大袋的樣品，為貪圖方便起見，全寄放在他的行李箱中。

沒有了樣品，什麼生意也不能談。在沙烏地的簽證天數有限，時間就這樣空空地過了。

既然著急也沒有用，在達曼商街上還有用玉石俱焚的工廠成本來成交的訂單，不如就利用這個什麼事都做不了的空檔，來問問開狀的號碼。

原先認為接這種價格的訂單，不需再去追問開狀的號碼，下訂的客戶，是真的有需求，有人還包了工程在身。跟工廠成本一樣的訂單，應該跑不掉，十拿十穩。

不料跑了一圈之後，才發現自己竟然沒有拿到幾個確切的號碼。不是沒見到可做主的人，就是一堆振振有詞的理由，比如：經理不在，沒法簽字；或者會計部門還在統計確切需要的數量等等。得出的相同結論就是「明天就做」！

我以前吃過太多「明天就做」的苦，不會再相信它了，但另一方面，也難以相信訂單又被呂新銘攔截。他總不能低過工廠的成本吧！

次日，阿蘇茲仍然沒有出現。等到八點半，就搭車去找他。應門的仍是昨日見到的先生，他面帶歉意地看著我，說了句阿拉伯語。

阿蘇茲又不在了！他會去哪兒呢？

我又兜了圈客戶，並表明如果再不開狀我的報價就不算數，然而，得到的保證，仍然是「明天就做」。

在常去的那家餐室吃羊肉飯時，我想到何不去找跟我相熟的小青年，問個明白。

「他應該會告訴我吧！」我自忖。

飯後，頂著烈日快步走去阿卜杜勒的店。果然不出所料，阿卜杜勒午休去了，店內只有兩個少年在看著。我頷首示意小費出來一下。小費的全名叫做費薩爾・阿貝德・伸本・阿齊茲。我拉著小費的手，併站在牆角的陰影裡。在沙烏地男性互拉著手表示親近的意思，沒有性向問題。

懇切地哀求著小費。經不住我反覆地詢問，他說：

「信用狀已開給了別人了。」

「為什麼？」

「比較便宜。」

「多少？」

「3％。」他難過地看著我。

我定定地注視那少年的眼睛；問道：「是開給允杉公司的大衛・呂？」

小費畏縮地避開我的逼視，抽回手轉身離去時低聲地說：「我可沒有說開給誰。」

那就是他，允杉呂新銘！可是他的價格怎麼可能比工廠成本還低3％？難道是我算錯了嗎？

在走回旅館的路上，雖說馬路寬敞，但一想到訂單幾乎全被呂新銘攔截而阿蘇茲和所有的樣品也全不見了，不禁覺得天下之大竟無容身之處。我果然沒有能力獨自完成生意，就因為我的大話，公司錯押了我；工廠也錯押了我。我即將臨盆的妻子，我不知道自己是否真的有能力來照護她一輩子。太陽雖烈，身子卻冷颼颼的，我覺得自己快要病了，走在路上眼睛花花的看不清楚對面的來人。有點暈眩，又覺得陽光太刺眼了，我好像變得有點兒畏光。旅館大門就在望了，可是，又好像怎麼走也走不到。

好不容易走回了旅館，在門前的遮陽棚下站了一會兒，回過神才用力推開大門。當步入旅館時，竟發現阿蘇茲就拎著兩大袋樣品，站在大廳上。一看到我，他默默地把樣品袋交給我，而我也默默無言地收下。當我轉身要離去時眼角餘光瞥見他的肩膀晃了一下，知道他也要走了。

於是，我猛地轉回身沙啞地問：「為什麼？」

他沉默不語。我再問：「為什麼這樣待我？」

阿蘇茲的臉色發青，終於開口了，原來從外地回來那天我在車上吹噓得太過火。阿蘇茲認為我把他從最肥沃的市場撇開了，還洋洋得意！他憤恨不平我只是利用他的機動性來跑零碎的周邊城鎮。他說的雖是事實，但我都降到了工廠成本還是照樣丟單，微薄的利潤又怎能容納兩人呢？

15

「烏日火車站到家裡，走起來還有一段路。」

David跟妳解釋從台中搭公車去的原因。

下了公車，眼前是一條雖寬廣但並不長的林蔭大道，盡頭處即是成功嶺的正門。

途經一道陡坡，David遙指坡頂興奮的說：

「坡上就是我唸的小學，旭光國小。我們等一下再去。」

妳點頭回應，但卻好奇地注視前方站崗的憲兵，成功嶺營區的正門口兩端各站有一名憲兵。因為地勢向上抬高，妳迎面緩緩地接近正門可看到憲兵頭盔上的反光。正疑惑眷村的位置，突見筆直的黑色柏油路旁接壤著一條黃色的碎石路。

David 右轉踏上那條碎石路並愉快地宣告：

「我們的眷村到了！」

妳站在路口往內張望，只見一個狹長彎曲的村子兩旁是零落的矮房夾著中間的碎石路，靠嶺的那邊若還有沒蓋起房子的荒地就會露出原先石塊堆出的擋土牆，一個環嶺而建的村子。眷村看起來很冷清，充滿了蕭瑟的冬意。入村處是店鋪區，有三兩店家在做生意。可能正值午寐時間，空蕩蕩的。雖然清冷，每家卻都掛上了五顏六色應景的物品，有的屋簷前懸著臘肉，有的門柱上換了新春聯，南腔北調倒也熱鬧。路過一塊空地，David 說這就是他考上政大時他媽燃放鞭炮的地方。

走過店鋪區，景色更見蕭瑟一派嚴冬的樣子。暗黃的土房子，一間挨著一間。轉角處有一家雜貨店，屋前掛滿花花綠綠的東西在風裡招展，原來是讓孩童抽獎的撕撕樂以及展示的獎品，都是一些塑膠玩具。

臨入門時，妳的心不禁撲撲地跳動起來——就要看到 David 的媽了！

妳想學眷村孩子的叫法，稱呼她為「呂媽媽」。David 一進門就高聲喊媽。這時從裡屋探出一個滿臉笑容的婦人，細細地應著：

「快進來，外面風涼。」

妳被迎入了雜貨店。店面雖小但井然有序，屋樑上垂掛著一管日光燈發出白光；隔牆的後面是個簡單的廚房，一張摺疊方桌倚牆而立，開口的三邊各擺了一張椅凳。妳才怯怯地稱呼了聲「呂媽媽」，她就忙不迭地請妳坐下、奉上熱茶、送來剖成兩半的橘子，呂媽媽忙進忙出似乎比妳還更緊張。她又從店裡取來一包孔雀牌餅乾，撕開包裝，堅持妳要取出食用。一陣忙亂後，你們終於有機會說話。呂媽媽問了問妳工作的狀況後就不自覺地談起了呂新銘的種種，她似乎很以這個兒子為豪。呂媽媽說話細聲細氣，讓人印象深刻；看妳喝盡杯中的茶，呂媽媽趕緊又開了一瓶汽水。

這時 David 掀簾進來，要帶妳去看他的臥房。其實所謂的臥房也不過就是在靠牆處擺了張單人床，床上還放一個摺疊得有稜有角、整整齊齊的棉被，床頭擺張書桌，上置檯燈和疊放的書本，白牆壁上掛滿了形形色色的獎狀，有校長獎、有市長獎，竟然還有成功嶺發的師長獎。妳捻亮了檯燈，看著這呂新銘成長的地方，心裡浮動一個穿著卡其制服的小男孩的影子。就坐在那裡，正低頭寫著作業。那小男孩冷嗎？餓嗎？這個地方，太有歷史感了，妳不禁流連了起來。呂媽媽看妳有點沉吟地站在那裡，就趕緊表示她會即刻僱工砌道牆壁、裝個門。屆時貼上壁紙、鋪上地毯、掛上窗簾再換張雙人床就可充做新房了。妳害臊地附和，心裡明白呂媽媽誤會了妳剛才沉吟的意思。

自從那個晚上起，妳對 David 的感覺不知不覺中起了很大的變化；妳突然發現 David 其實並不懂得照顧自己，餓了不吃飯，涼了也不添衣。妳留意起 David 的飲食起居；有時，妳會不自覺地以為你們已經是一輩子的男女朋友，至少有六、七年了，從那場校際辯論會就開始，如果有人提醒妳也不過是幾個月前的那個晚上，妳會以為那個人只講出部分事實，真相是妳應該從 David 還是個在桌前寫功課的孩子時，就認識他了。

此時有個梳著兩條辮子白衣黑裙、明眸皓齒的年輕女子掀開門簾跨了進來；雖是第一次見面，但一看就直覺知道她是 David 的妹妹。而說也奇怪，她也不覺生疏，雖是首次見面，就拉著妳的手坐在床沿上很自然地說著話；她說了些 David 小時笨拙模樣的笑話，David 急著辯解，大家笑成一團。

就著暈黃的檯燈光四個人快樂地在一個簡樸的房子內說著話，此情此景彷若曾經發生過；那種熟悉，好像是上輩子的烙印。

講了一會話，妹妹又匆匆趕回軍品行。呂新銘也要帶妳去村子裡逛逛。

爬上通往旭光國小的陡坡，妳氣喘吁吁地打趣說竟不知道 David 小時候能那麼正經，跟長大後完全不一樣。David 說他小時候是個憂鬱小生，下課時同學們都天真爛漫的捉對子玩殺刀遊戲，他還逗留在教室內，心繫著功課。他的個子比同齡生高大，他們雖會偶爾取笑但也不太煩他，直到有一次幾個同學揮汗進來央他參加殺刀，他們班不是隔壁班的對手被打得七零八落，他直起身站出來，終於帶領他們班收復失土。David 提到這些兒時舊事，逐一指出那些故事發生的所在。旭光國小傍著成功嶺有幾條過路人踩踏出來的土階通往營區，偶有軍士出沒。David 說他小時經常望著土階的上方癡了，幻想他亡父的身影帶著那熟悉的笑容拾階而下。他幻想的那般真切真以為他父親就要現身，旭光國小的校園樹影斑駁染著蒼老的故事，但很美。

妳因 David 的早熟而覺心痛，就埋怨他那等小小年紀為什麼不天真點，快樂點？David 說妳以後就會明白他們孤兒寡母的心情。他問妳對他家人的印象，妳說妹妹很親切就像一塊兒長大；媽媽很和善，笑容可掬，說話細聲細氣很溫和。他又問妳對他家的清寒狀況是否驚訝？妳說原先並無任何的預期，但來了之後卻發現有股熟悉感，好像上輩子曾經來過。David 說最貧困的時期已過，現在他和妹妹都已長大成人了。將會重建這個家園。

16

在床上，輾轉反側，難以成眠，掀開被，爬起身，取出手提箱內的計算機，重新再算了一遍。

沒錯啊！

這大概是第一百遍的演算了。為什麼他能比我的低呢？重新躺回床上卻思潮澎湃，為什麼他能比我低呢？

這趟沙烏地阿拉伯之行跟我來前想像的情形完全不同，沒有一千零一夜的魔幻也沒有遍地可做的生意。

這才明白當初林老闆提議我跑一趟沙烏地阿拉伯時，何以要語帶歉意地說「要辛苦你了」。我這也才明白林太太會向我致歉，說林先生年紀大了不適合親自跑，所以要辛苦我代勞。

當時原以為被選派出國何等光榮，在還不開放觀光簽證的台灣，能出趟國何等不容易。原來他們的致歉並不純粹是客氣。

決定要出國後，林老闆讓我使用他的座車和司機在中南部跑了七天，那幾天我和司機小李真是快樂的不得了。工廠老闆們一聽到我要出國跑中東線，都表態支持，給優惠價、給樣品、給承諾、給培訓，還有吃飯時敬的一杯杯熱酒。他們期待我能帶回去滿滿的訂單，而我也相信自己可以做得到。

一天晚上跑完工廠後，小李表示他有個表叔就在附近開店，反正閒著也閒著何不去拜訪。小李停了車帶著我往巷裡鑽；小李走得很快我也大步的跟著，穿出巷道旁停放的機車陣，小李跨入一家似乎框有彩色玻璃的店我也快步地緊跟；只見店內光線黯淡，一樓空蕩蕩的擺放著一張接待檯。有個年紀比我們稍大一點的女子站在檯後，小李沒打招呼逕自往二樓邁去；待那女子慌忙的把我們攔下後，小李才表明是來找他的表叔。

我們被帶往二樓候著；隔了一會兒，一位穿T恤、套著西裝外衣的中年男子氣喘呼呼趕來，一見到小李緊繃的臉陡然放心地笑開了。他就是小李要來見的表叔，店裡的老闆；他笑說樓下負責接待的小姐誤以為我們是刑警，驚按了通知的暗鈴，向店裡說來了兩個生面孔，穿西裝，很年輕。

他表叔詢問了小李的來意，當他知道我即將出國談生意，就用很嘉許的眼光看著我。一副有為青年的樣子，我心裡好不得意。

而今，我卻困頓在達曼。大部分的訂單全被允杉呂新銘以較低的價格搶走；好意要強化阿蘇茲的信心，卻也因一番不當的吹噓而瓦解了聯盟。我困在房裡，睡不著覺就起身在房內踱著方步。

為什麼他能比我低呢？

反覆踱著方步，碰到牆壁時旋即又轉身快步往另一頭。踱著快步在房間內轉來轉去，明明開著冷氣卻汗流浹背，我沒有頭緒地空轉著，從牆壁的一端到另一端，像一頭受傷的困獸。

能有酒就好了！

能有酒就好了！但沙烏地禁酒。

在狂亂的思緒中，隱隱約約覺得好像有東西擱在心上。

為什麼不直接問他本人？

猛停步，思索著這個瘋狂的主意。

對！為什麼不直接問他本人？

他就住在 517 號房。只要往下四個樓層就可當面問他了！

我被這個瘋狂的想法糾纏著，終於，穿上衣服，飛奔直下 517！

在 517 的房前，氣喘未定的按了兩下門鈴。

裡面傳來一句簡短的阿拉伯語。估計是在問：「誰？」

「達鋒公司，史考特。」我用中文回答。

一陣沉寂之後，傳出了中文：「這麼晚了有什麼事呢？」

「有事特來請教，請開個門。」

他要我稍等一下。房內響起窸窸窣窣的穿衣聲，隔了一會兒門開了。他像半截鐵塔一般，定定地堵住入門處，我不禁倒吸了一口冷氣，這下子才想到塊頭這個問題。他比我高壯多了！由於他絲毫沒有迎我到房內談話的意思，我只好開門見山地說：

「我不明白你怎麼可能用比我還低的價格來搶單，我報的已經是工廠的成本了。」

「我為什麼要告訴你？」他用那雙死魚一樣的眼珠，木木地盯著我。

我深深地吸了一口氣，說：「如果你今晚讓我明白，我明天就離開沙烏地阿拉伯。」

我讓自己的話給嚇了一跳！明天就離開沙烏地阿拉伯？……為什麼不？反正簽證就要到期了。他憑什麼低過我的？他用什麼方法勝出？難道我一輩子就要耗在這種市場、鬥這種小心機？想到此，我補充了一句：

「從此，再也不進來。」

他的眼珠子亮了一下，「你說的？」

「我說的！」我再追加一句，讓自己聽起來更有說服力：「從今而後都不再做中東的生意。」

他遲疑了片刻，然後稍側身體示意我進去。

他的房型跟我的不一樣，比較小也比較昏暗。窗旁有張書桌，書桌上散置數張書信，字跡秀麗。

從呂新銘窗戶望出去的達曼市，一片冷清、漆黑。馬路上，偶有幾部車零落地開過。

他讓我坐在書桌旁的椅子，自己則面向我坐在床沿的角落處，用兩隻手往後撐住床支持微仰的身體。從他身後隆起的被子看來他該已就寢了吧，是我吵醒了他。

兩人面對面，應該是個合適的談話距離。

「吵了你，很抱歉。」我頷首示意了一下，床鋪上隆起的棉被。

他不置可否地點點頭，然後說：

「第一次來？」

我不知道他這句話的用意，所以也只點了點頭，沒有接腔。

雙方又沉默了一會兒，猛然想他才剛新婚因此趁此機會恭喜了他。他笑了，死魚般的眼珠塗抹上了光采。

「你來達曼主要是賣合板的？」他詢問。

「是。」我面露微笑的快速答覆，要進入正題了。

「你主推的合板是多厚？」

「十六公釐。」我回答。

「你們買賣用什麼標準來交易？」他問，我不清楚他明知故問的意圖。

「JIS，日本國家規格。」

因為台灣和沙烏地都沒有合板的國家標準，而日本已被公認為一個高工業化的國家。因此買賣雙方才沿用 JIS，做為交易的標準。然而 JIS 十分繁複，為方便檢驗起見台沙雙方從事合板貿易的小圈子就原版 JIS 再約定俗成了一個被稱作 JIS 的標準。事實上，它算是 JIS 的「簡易版」。

「你如何計算成本呢？」他不疾不徐地接著問，並沒有直接碰觸問題的核心。

我演算了一遍計算的方法。從柳安原材的國際行情，到取材的損耗，再加上黏劑的膠費、加工費、設備攤提等等。

他說，嘴角隱隱噙著訕笑，「沒錯，但你合板的厚度算錯了。應該是乘以十二，而非如你所算的乘以十六。」

「可是我賣的是十六公釐厚度的。」我不解地反辯。

「我知道你是賣十六公釐的，但你只能用乘以十二來計算成本。」

「為什麼？」

他站了起身作勢要送客，但我仍端坐在椅上不肯動。

「為什麼？呂兄、請給我個明白！」

「我已經說了，兄弟。這是個適者生存的世界。」

他又用那死魚一般的眼珠木木地盯著我，右手擺姿勢要送客。而我仍端坐在椅上文風不動，仰首看入他的眼睛良久。

原來依照我們的 JIS 簡易版，十六公釐的最大正負公差值是一．五九公釐，亦即從一七．五九公釐到一四．四一公釐都算合格，可接受。而十二公釐的最大正負公差值是一．二公釐，也就是從一三．二公釐到十．八公釐都算合格。允杉公司則用稍高的價格專買超標的十二公釐，即是購置超過十二公釐公差的合板讓呂新銘當作十六公釐賣；客戶收到了貨則以為是公差的下限。允杉公司的量大關係好再施以小惠，這點完全可辦到。所以呂新銘用十二公釐的成本搶我十六公釐的訂單。

顯然我就是那不能適應、得被淘汰的那個，我不知該稱它為「機巧」或者「欺騙」？

頓時，一股如釋重負的感覺自心底升起；至少，我沒有輸在專業上。

我緩緩地站了起身，伸出手握別。

謝謝他給我上了如此寶貴的一課！

我知道離開了這個門後，在如此以勝敗論英雄的社會，我的中東行毫無疑問是失敗的，雖盡了全力卻沒能給公司帶回多少生意。盡力而未成功，更顯得無能。從呂新銘利用 JIS 公差容許度的概念，我又悟出了其他可以應用的投機方法，然而我真要為了幾個錢把一輩子的精力耗在這種汲汲營營上？還是承認失敗，重啟爐灶？繼續留下來，我就得成為另一個呂新銘，更出色的操弄標準才有可能勝出。買方其實知道賣方在做什麼，這是個共犯結構。

我要另闢市場！一個可以引以為傲的市場！

我頭也不回地往門外走去，跨出了 517。也從此，我跨出了中東市場！

17

他琢磨著應該如何啟口。

桌上，攤滿了Grace的來信。娟秀的字跡。

從相識至今七年了，他們從不曾通過那麼長的書信，最近的一封她還勸他莫把事情做絕了，那個菜鳥的訂單別全拿了；一個人在外安全為要，給人留點餘地。

她一向忍讓，呂新銘常取笑她是個退一步主義者。外人聽她說話，言語俐落、舉手投足頗有俠女風範；事實上，她個性溫和甚至柔弱，跟外表的爽快有很大的差距。若說她一輩子至今做過最獨斷的事，那就是嫁給了他。

儘管她台南的家人反對，她的朋友勸她緩一緩，她還是嫁了！這是她長這麼大以來，唯一的一次能夠力排眾議，照自己的意思做的事。

他是個芋仔番薯，住在烏日鄉下的一個眷村裡。父親已逝，生前是個士官長，一家三口人丁單薄沒有祖產，讀的又是阿語系，在他投身中東貿易之前，沒人知道阿拉伯話能拿來幹什麼。

而她，台南善化的閨女，雖非大富大貴卻也是殷實人家的孩子，家裡人口又多叔叔伯伯一堆，推開門踩到的就是自家的土地，又是讀外交系，熱門時髦得很。在家鄉，總是被拿來當作炫耀的寶。

這趟旅行絕對不能出什麼差錯，萬一有個三長兩短那麼要教 Grace 怎麼辦？他不但不能保護 Grace 反而拖累了她。他不由得想起初次拜訪 Grace 家族的經過，幾個月前他剛從都拜回台沒多久，Grace 就帶他回台南善化，他跟 Grace 的父母說話時，因為緊張而唇齒顫動話都講不全，Grace 的父親察覺到他的緊張，因此儘量用溫言婉語來舒緩他。

坐了一會兒喝了幾口茶用了些茶點、水果之後，Grace 就提議去看望祖母。Grace 父親就帶他們兩人前去幾步之遙的大伯家。大伯的房子屋頂矗立著一個牌樓樣的扇形屏風狀石雕，Grace 的父親在家宅門前就著頂上牌樓的石雕裝飾，仔細地跟他解釋其中所代表的含意。那中央展翅欲飛的老鷹代表張家的行業別以及在行業中的地位；兩旁立著的寶瓶以及瓶中的花束，則表示吉祥如意等等，她的父親說得興高采烈有意舒緩他邁入大伯家的緊張。

接著大伯和大伯母將他們迎入宅內，前廳就著大門，廳面是觀音大士神像其左旁是張家祖宗牌位；大廳兩側排列著仿宋高腳雕花木椅和仿宋茶几，仿宋茶几置於兩座木椅之間。他被請入一側，主人坐在對側，喝著蓋碗茶很是正式。

大家剛介紹完畢，Grace 就說要先去看阿嬤。她帶他穿過弄堂走過好幾個進落，穿越兩個小天井才進入阿嬤位在廚房外的房間。祖母詢問了呂新銘許多問題，比如：家在哪裡、父母從事什麼維生、有多少宗親家人……等等。阿嬤坐在輪椅上問話，眾人則羅列其旁肅手站立，呂新銘雖台語流暢但無法全聽懂阿嬤的話，幸好Grace 時不時的會居中傳話。阿嬤缺了很多牙齒，再加上特有的台南腔調讓話語更加難懂。

只待了一下子後，他們就留下 Grace 而帶呂新銘回到原來的大廳；能離開阿嬤房間他不覺鬆一口氣。

回到大廳上，大伯問呂新銘婚後預備住哪裡。他回說住台北。大伯本能地反問他要怎麼住，他在台北又沒有房子。話一停頓，大伯做出恍然狀自問自答：「哦，用租的！」看他很尷尬不知如何接口，Grace 父親還幫他緩頰：

「台北居，大不易。年輕人先租也好。」

「總得讓我們阿婉有片瓦可遮頭吧？」大伯不放棄的咄咄逼人。

一直都沒有機會開口的他，這時突然生出一股氣轉頭跟 Grace 的父親說：

「我絕不會讓家婉受一點委屈，我看就直接買房子了，也不用租。我們就直接搬入新家好了。」

坐在大伯旁的小叔臉上露出欲言又止的似笑非笑神情。Grace 在台北將會搬入自己的房子有個可立身之地的說法，雖然止住了這個話題，但他們並不頂相信呂新銘有這個本事。

從台南回來後，呂新銘不再像沒頭蒼蠅那樣的看租屋廣告；相反的他開始留意預售屋價錢。

今天他到胡賽公司向阿巴斯索取護照，滿心輕鬆愉快以為只是個例行公事，哈拉幾句就可以走了。不料，阿巴斯沒有直接回答卻從櫃子裡拿出了一大疊卷宗，表明上一筆交易工程甲方買的是十六公釐厚度的三夾板，但交貨時卻只有一四．二公釐。整批貨送到了工地，因為不合用甲方只好另從別處取得十六公釐的供貨，還要允杉賠償延誤的工期。一共索賠一千萬美金。

阿巴斯說得雖然緩慢，但宛如晴天霹靂般。

呂新銘勉力保持鎮定，不顯露出驚慌的神色。雖然因為心臟的毛病，呼吸變得急促起來，他盡量平和的說：

「如果因厚度不足而不能施工的話，我們當然要負起責，不過我可不可以先查驗那批貨？它們在哪裡？」

呂新銘想先驗貨，試探那一千萬鉅額索賠的水份，那批貨可能已經用在別的工程或被轉賣了。此外，到外地驗貨，若要搭飛機或要投宿旅館，兩者都須出示護照。他想先設法拿回護照再說。

果然，阿巴斯支支吾吾，不想帶呂新銘前去驗貨。

「我已經跟你公司在談了，為了雙方的聲譽，目前還是保密一點比較好，不要大肆張揚弄得業界都知道了。」阿巴斯接著說。

「至於你的護照，我暫時保管到允杉公司的老總或董事長來了。抱歉，David，你我如同兄弟般交情，今日卻要講這種話。」

他定定地看著阿巴斯，心想早知這傢伙這般可惡，當初他在台北發酒瘋，差點被酒店圍事打時，就不用那麼賣命的救他。今日，反落在他手裡。

他正琢磨著該如何下筆，房間的門鈴卻急促地響了。

「誰？」他繼續讀著她的來信，都快要可以默背了。

沒想到，回答的竟是中文。

「達鋒公司，史考特。」

達鋒公司？史考特？好熟的名字。

猛然，他想起。是他！那個菜鳥！

他怎麼尋來的？他要幹嘛？

呂新銘告誡自己遇事不要慌，他深深吸氣試圖調勻因心臟宿疾而引發的急促氣息。

「這麼晚了，有什麼事呢？」

「有事特來請教。請開個門。」

他的心怦怦地直跳，雙手沒有意義的收拾東西。冷靜、冷靜！他環顧室內，牆角立著一截板材正可防身。那是用來展示實木結構的樣品。

他將板材塞進床上的棉被裡，一邊著衣一邊趁空從鑲在門板上可往外窺查的凹凸玻璃片望出。只見那菜鳥單獨一個人立在門外雙手空空沒有帶東西，他心裡稍感踏實了一點。

房門還拴著保險鏈條，只能推出幾吋的隙縫。呂新銘再看了一眼，證實那菜鳥的確空著雙手，這才移開保險鏈，將門全打開然後擋在入口處。好傢伙！他比來者高壯了半個頭，他心裡更加踏實了。

他定定看著來者，等來者先開口。

「我不明白你怎麼可能用比我還低的價格來搶單，我報的已經是工廠的成本了。」

那菜鳥如此直白地開場，倒是讓他嚇了一大跳。他的話裡，有股憤恨的不平。這傢伙肯定認為我用更低的價格來搶單，的確，更低的價格是沒錯，但如果沒有那一條龍的服務，光低個幾趴又怎能搶單？呂新銘冷冷地說：

「我為什麼要告訴你？」

那菜鳥愣了一下，然後一個字一個字清晰地吐出：

「如果你今晚讓我明白，我明天就離開沙烏地阿拉伯。」

他又加了一句：

「從此，再也不進來。」

他說得如此決然，呂新銘不禁一陣驚喜。離開這裡？正是求之不得，就怕他再來幾回就成了精。

「你說的？」

「我說的！」那菜鳥挺著胸膛直直的立著。「從今而後再也不做中東的生意。」

呂新銘咀嚼著他的話，像玩梭哈一樣，好！我就看你的牌，跟了！

於是，他把身子側往一邊，做了一個「請」的姿態，那傢伙步入他的房內站在中間。呂新銘讓他坐在書桌前，房內唯一的一張椅子上，自己則坐上床角，這顯然是個很自然的面對面談話角度，而且當他把手撐在身後時，能不致引起注意地接近那預藏在棉被裡的板條。

「吵了你，很抱歉。」

隆起的棉被，可能讓那菜鳥誤以為他已經上床休息了。

呂新銘不置可否，嘴裡胡應著：「第一次來？」

那菜鳥沒有接腔，只是點了點頭。

他一邊問了些簡單的入門話一邊尋思著如何給這個菜鳥一個滿意的答案，讓他心甘情願地兌現諾言離開中東。用較低的價格來搶單是一個容易讓人理解的概念，雖然低價並非全部的事實，甚至於不是個重要的事實。

人們因價格而丟單，雖然心裡憤恨但卻比較好接受。價格嘛！別人拚低價，不是自己的錯，也不用努力去改進。不過拚價罷了！但此次的狀況，較低的價格充其量不過像糖衣一樣，讓人比較好下嚥，它是個充分條件，卻不是必要條件。以建材大街的那些商家來說，既不會開信用狀，也不會辦理進口，若沒有他的一條龍服務，再低的價格，又有什麼用呢？再說，他們平日從大盤批貨，下的訂單，量少而雜，也不見得工廠就願接受。那集量生產、分單出貨的服務也是必須的，但是這些軟能力不像低價搶單那麼容易被理解，反而會橫生枝節，惹得輸的人越不服氣而已。

好罷。一切成敗的責任就鎖定在價格上。

那菜鳥在演算成本，對價格和良率的掌握相當精準，他看著心裡暗暗佩服，好一個有潛力的競爭者。真高興，在他成精之前就送他出中東了。

菜鳥再示範一遍，從柳安原材的國際行情到取材的損耗再加上黏劑的膠費，加工費，設備費，海運等等，最後是未來三個月的工廠產能展望。

「沒錯，但你的厚度算錯了。應該是乘以十二，而非如你所算的乘以十六。」他嘴角噙著笑，溫和的點出。這簡單的算式，可是他呂新銘繳了多年的學費才悟出來的。今晚，就大方的送出，讓那菜鳥離開的心甘情願。但只怕雖學會了乘以十二，在別的市場卻可能用不上，而真正的必要條件，提供必要服務的一條龍，卻沒有人體會。

「可是我賣的是十六公釐厚度的。」那菜鳥彷彿無法理解，還在爭辯。

「我知道你是賣十六公釐的，但你只能乘以十二來計算成本。」他按下不耐煩的心，重申一遍。這傢伙怎麼了？是天真，還是裝不懂。

「為什麼？」

他猛然想到今日的索賠，胡賽阿巴斯還扣著自己的護照不放不禁心煩氣躁起來。刷的一聲，他不自覺地站起身，擺了擺手作勢送客。

那菜鳥卻不為所動。他仰起臉瞪視著呂新銘。

「為什麼？呂兄，請給我個明白！」

「我已經說了，兄弟，這是個適者生存的世界。」

菜鳥維持原來的姿勢沒有動，拿兩隻眼睛定定地盯著他。瘋狗般的眼神令他心裡一驚，那菜鳥眼神渙散若有所思還泛著凶光，好像隨時會從椅子上撲向他；他下意識的摸了摸自己咽喉。因為起身送客，他離那塞在棉被裡的棒材更遠了一步。

被盯得渾身僵硬，一緊張心臟就急促地砰砰跳動。他開始覺得氣喘，一口氣快過一口氣，就在他要捂住心口時，那菜鳥好像悟出了什麼，臉上露出如釋重負的表情。站起了身，伸出手跟他握別。

從握手的力道，呂新銘體會到那菜鳥兌現諾言的決心。望著他離去的背影，呂新銘心想那菜鳥至少得到一個足以自我安慰，非戰之罪的理由，終其一生，他都不會悟出真正輸在沒有提供必要服務這件事。呂新銘望著那菜鳥離去的背影覺得既得意又憐憫，心裡升起了複雜的情緒。

18

今天放颱風假，台北市全面停班停課，黛比颱風登陸風雨一陣緊過一陣。妳和鄭先生家人分坐在飯桌四周，嗑瓜子、喝茶聊天。這是自從妳結婚後，第一次四個人能聚在一起。已經停了電，鄭先生用野炊的瓦斯煮起水。大家圍著泡茶。

颱風前兩天，雜貨超市特別忙，左鄰右舍都在做防颱的準備鄭先生家也一樣。窗子都黏上交叉的膠帶，作為玻璃片的補強，窗戶的隙縫塞滿了舊報紙，手電筒裝上了新電池，抽屜有了蠟燭，冰箱內存滿了食物，冰箱上堆積著泡麵和其他乾糧。市政府派人把路樹招搖的枝幹給裁剪了下來。

總之，大家都做了以防萬一的準備。

兩個月前的蘿絲颱風給台北帶來不小的災情，打破了颱颱風時山地村落才有危險而都市內則是安全的迷思。蘿絲來襲時突然湧進了大量的水，剎那間復興北路地下道的水深及小腿肚，有位年約四十的少婦因等紅燈排在車隊中，剛好在地下道的最底端；大水沖來時，在她那兒足有半人高淹過排煙筒熄了火，水卻從車門縫滲了進來，車內的水漸漸升高，那婦人又推不開門就卡在那裡。等消防隊來時，難以置信的，那婦人竟已溺斃在自己的車內。她的家人還在等她回家吃晚飯，那一對年幼的兒女哭得死去活來很是傷痛。真是死得冤枉。

現代的都市，也是會發生意外的。事實上，在都市內的死亡每天都上演著。你們談論著蘿絲帶來的災情。喟嘆人生之無常，生命的脆弱。

妳向鄭先生借用了電話撥回烏日的婆家，果然一如所料電話已經不通。幸好，前兩天妳才打過電話回家。婆婆和小姑都已做了防颱的準備。

鄭先生的話題，繞回妳的身上。鄭先生問了問 David 在國外的情況，妳說了些沙烏地阿拉伯的風情，大家都嘖嘖稱奇。台灣還沒開放觀光，能出國的若非工作就是讀書。鄭小妹雖才高一，但年少志氣高立志將來要留學美國。妳說了想要買套房的心願，向鄭先生夫婦請教購屋的事。鄭先生大為贊賞，說一個人一輩子最多就買兩次房，購屋是人生中的一等一大事。說妳年紀輕輕就要買房很有志氣，又誇

David 不僅年輕有為還能多金。妳謙說這只是妳個人的心願，買不買得起還是個未知數，心裡又想著，這可是 David 用命搏來的。鄭先生感嘆地說，他雖癡長十幾歲靠著父母資助才攢得這間小公寓和一間店面。妳提醒鄭先生他已勝過一般人太多了，台北居大不易。鄭先生說他買在市內汀州路是個錯誤，勸妳要留意近郊的新建案。仁愛路四段還是新闢，一棟棟鷹架水泥大樓矗立在綠油油的稻田間。鄭先生十分看好那一帶，說了一陣購房經。他說如果仁愛路嫌貴，那就更往北延伸，靠近松山、南港一帶也佳。

妳說不嫌路遠，但希望能一班車就到公司。鄭先生要妳看遠點，他說生活機能會變。人多了就好了。他又舉萬芳醫院為例。

這時窗外風狂雨驟，大王椰樹都被風吹得彎下了腰。妳想起了人在達曼的他，這輩子真成了最親近的人。鄭小妹問妳婚前婚後有何不同，妳想了想笑著說：「現在想來，婚前在意的都很短，下個星期的考試、下個星期的辯論會或者明天的約會；一旦結了婚，什麼都沒變，但在意的事，都變成數年後。數年後安居的房子、數年後的嬰兒房。」

「還要煩惱數年後的學區。」鄭太太促狹地插嘴，妳曾跟她提過。

「是啊！真是庸人自擾之。」妳笑著做個註記。

這停電的一天，就在瓦斯煮水、泡茶、泡麵中度過，別有風味。

可能是喝了太多茶，妳躺在床上聽著屋外呼號的風輾轉反側難以成眠。桌上搖曳的燭火，黑暗中映照出晃動的影子。

David 知道妳怕鬼，常說些鬼故事逗妳。有一次在黑暗的山道上，妳和他手拉著手走下山；David 的故事都說完了也瞎編不出什麼新的，他就在編不下故事的當口突然哇的一聲大叫的嚇妳，妳冷不防被嚇了一跳另一方面也是撒嬌，不知怎地就哭了起來。眼淚滴滴答答地落下把 David 慌得快要沒魂了，一會兒鞠躬一會兒又自己掌嘴。約莫十分鐘妳才止住哭泣，卻又埋怨人驚人驚死人，David 認錯到底妳心裡隱隱虛榮。

現在，David 應該要吃晚飯了。希望他一切平安順利。一想到要依賴他終生，妳心底不禁泛起一絲甜蜜，竟覺得有笑意了。

明天該向允杉探探 David 的現況。明天 David 的新信該又會來了。

收發室的 Amy 在分發信件，唱到妳的名字時還特意提高音量加了句「達曼來的！」。妳立刻知道那是 David 的來信，Amy 遞信到妳手上時扮了個鬼臉，妳笑了笑，假裝平常心將信收到抽屜裡。

這是 David 第七封來信，基本上每天都有一封，所以妳並不特別急著看。信躺在抽屜裡，等著妳的午休。心裡有股踏實感，暖暖的。

David 的新信輕描淡寫的提起護照被一家叫「胡賽工程顧問」的扣住了，對方藉此施壓要談索賠的事。不過 David 要妳放心，因為公司已在處理中。

妳看完信，就掛電話給小蜜探詢細節。沒料到小蜜在電話裡所說的情節，反而把妳嚇一跳！

原來 David 因為簽證即將到期，把護照交給一個平日交好的進口商胡賽工程顧問公司代為申請延展簽證。通常入境時，移民官會給十天的停留期，屆期可再申請展延一次。一般都是簽證到期的前兩天，由當地的公司行號代為申請延簽。這是行之多年的例行手續。

這次胡賽公司趁此機會，扣住了 David 的護照。沒有護照，David 就離不開達曼。胡賽表明有筆高達一千萬美元的索賠要談；據稱，他們先前為某工程訂購的十六公釐三合板，收到貨後發覺只有一四．二公釐的厚度，他們聲稱這批合板不但因此不能用，還因耽誤工期而遭到罰款，因此向允杉要求一千萬美元的賠償。放下了電話，妳匆匆趕去允杉。允杉雖急著籌錢，但是一千萬美元的天文數字，足可買下松江路上辦公大樓的六個樓層，如何可在數天內籌成？

允杉高階正趕辦赴沙烏地阿拉伯的簽證，一方面可就近談判更重要的是急著帶現金去補充 David 的生活費。

小蜜說現在最緊急的事莫過於 David 身上的旅費即將用罄，允杉高階已經數度致電當地熟識的公司行號要求就近協助。

台灣本地並沒有發行信用卡。台北的五星級飯店雖然接受刷卡，但那些都是國外旅客持有的國外卡片。台灣不發卡，除了市場胃納外主要是金融法規還不開放；因此，旅行的人只能帶著現鈔，趕在花光之前就要回國了。

允杉董事長跟妳保證，David 身上的旅費還可支撐幾日。他們一拿到簽證，也立刻過去。青黃不接的緊急，就這幾十個小時的事了。總經理看起來神情昂揚，一副掌控中的模樣，從他們的反應，妳慌亂的心獲得了慰藉。

其實妳所認識的阿拉伯僅止於一個相互衝突的模糊概念。一邊是 David 常掛在嘴上的阿拉伯話意思是說在沙漠大海討生活的拚搏精神；一邊則是幼年時讀過的一則美麗又富哲理的神話。此外，妳對阿拉伯一無所知。

很久很久以前有一位阿拉伯國王，分給他的三個兒子每人一袋黃金，約好以兩年為限，帶回最好寶物的人就繼承王位。因此三兄弟分頭出外旅行。

小王子走了很多地方沒有尋到什麼寶物，直到有一天，在異國一個店家的玻璃高櫃中看到一顆發出神祕光芒的紅寶石。這顆寶石似乎有種魔力，拘著小王子讓他移不開視線，所以他決定買下它。但是不論他如何出價，如何苦苦哀求，店家就是不賣。

就這樣，小王子日復一日、月復一月的站在店門口癡看著這顆發出神祕光芒的紅寶石，直到盤纏將罄。

有一天傍晚關店時分，小王子再也耐不住了，只得擊破玻璃櫃搶了紅寶石，在一片抓賊聲中返頭就拚命奔跑。直到跑出了城，躲在城牆的陰影下，此時高掛夜空的皓月發出清幽的光。小王子見四下寂靜，揣想圍捕他的人都應已被撇開了，於是他拿出紅寶石從各個角度仔細地端詳著。不知過了多久，當遠處的清真寺傳來悠長清脆的午夜鐘聲時，小王子手中的寶石突然冉冉升起一股濃紅的煙雲，煙雲深處立著一個美麗的女孩，似乎著急著要告訴他什麼。當鐘聲歇停，那股紅色煙雲連同那個女孩也立刻被攝回寶石中。這一切發生得太突然，小王子如夢方醒，不知剛才那一幕是真亦或是幻？

從此，小王子每日都在等待這一刻。當皎月高掛上夜空，當清真寺傳來午夜的鐘聲，籠罩在紅色煙雲裡張著大眼睛的女孩似乎著急著要告訴他什麼；鐘聲一停歇，它又變回一顆紅寶石。

歸國的期限到了黃金也用完了，小王子被趕出了旅社只能露宿在公園；雖然如此他仍不願離開這個地方，深怕一離開就再也看不到這個立在紅色煙雲後，似乎急著要對他訴說什麼，有著一雙水汪汪大眼睛的女孩。

有一天國王的車隊穿過了公園，眼尖的國王看到了小王子正在把玩的紅寶石並且深深被吸引住。他要衛士去買下，但是小王子不賣。國王大怒就叫衛士用搶的，小王子跳起來，拔出佩劍格鬥起來，他擋開了前方的劍雨，卻無法抵擋後方陸續蜂湧而上的衛士。小王子心想他即將命喪於此，於是奮力將紅寶石拋擲到湖心當中；那顆紅寶石就在眾人瞠目結舌之際，以拋弧線之狀掉進湖心濺起了水花。只見一股濃紅的煙雲從水花處冉冉升起，一個女孩被煙雲高高拱起，而後從空中重重摔向湖面。

只聽驚呼聲四起，國王及衛士都拚命地游去救她，原來她正是國王失蹤的愛女，被魔法禁錮在紅寶石裡。那魔法詛咒每個看過這顆紅寶石的人，都會如癡如狂地想把它據為己有。唯一能破解魔咒救出公主的，就是那能夠拋棄它的人。小王子在萬不得已之下做了這樣的選擇，從而救了公主。而當時還被禁錮在寶石裡面的公主，所以急著要跟小王子訴說的也就是這個祕密。

如同每個童話故事的結尾，王子跟公主從此過著幸福快樂的日子。

而妳心中尋尋覓覓的房子、縈繞著清脆呵呵笑聲的嬰兒房，David在中東拚搏搶掠的訂單、爾虞我詐贏得的標單，是否夢醒之後都是一場空？是否像那顆紅寶石一樣，要能奮力拋開貪愛的心才可以有所得？是否寶石心都是晶瑩剔透的，而那抹翻滾的紅雲只是添加的幻象？世間的名位和財富，要放下才能提起？妳若有所思，似有所得。

但妳不禁又想著，如果生命不再癡狂、夢想不再追尋，日復一日這樣的人生又有什麼意義呢？公園裡成群奕棋的老人們，明知夕陽西下後終將各自回家吃晚飯，棋局的結果既帶不來也帶不去什麼，這麼一場對生活毫無影響的棋戲，為什麼還要如此認真、如此執著呢？時而苦苦思索棋局、時而臉紅耳赤地爭辯。既是一場空，何以看盡人世間榮枯的老人們還會這般地執迷呢？

妳又想起了在中橫修復坍方的表舅。表舅的營造公司例行承包中橫公路的修復工作，因此長年在山裡。經常離家在山上工作的後遺症造成了和家人的隔閡，尤其是女兒的成長過程他沒法全程參與，父女之間好像有一堵隱形牆隔著。表舅回台北由於缺乏社交活動，常常公餘回家就孤單一個人守著電視機，舅媽和表兄妹各有各的忙。由於山裡生活單調，大伙都養成喝酒取樂以解寂寞的習慣。表舅回家獨自一人，更是酒和電視作伴，如此喝酒，家人難怪不願意陪伴在旁。也不知是雞生蛋或蛋生雞，總之表舅的家庭生活很不協調。曾問他何以不試著調回總公司，但表舅表示沒有了施工加給，收入將大不同。他的家人已經習慣了寬裕的生活。由奢返儉難。

表舅的工作，也充滿著挫折。山上的公路雖經搶修，但遇到下一個颱風仍舊照坍不誤。每次發生他們就要檢討，可是山上的水土涵養才是根本原因。然而明知有水土問題，明知當下個颱風來襲時，搶修處仍舊會再次坍方，他們還得照修。如此坍了又修，修了再坍，反覆輪迴就像掙不脫的命運一樣。妳曾好奇地問表舅，既然下個颱風，道路一樣會坍塌，工班依然得搶修，那麼這次的作業不過是暫時的；既然如此，何必還要照標準規規矩矩去修復呢？表舅張大眼睛說，修路是職責所在當然要照標準來做，偷工不得。至於以後會不會再坍，歸老天爺管。依表舅意見，封山是唯一的長久之計。為什麼表舅明知不可為，但仍傾一生之力來做呢？明知終將失敗還是選擇去做，表舅的心情又是什麼呢？

儘管是虛幻但生命中若沒有令人癡狂著迷的東西，那種乏味連一盤棋局都下不完，更遑論坍塌了修、修了又塌的反覆白工。但若苦心去追尋幻象，到頭來終究只是一場空，又何苦太過於在意？所以，最好的生命態度是，明知終將成空卻認真地對待它、追尋它，彷若它會永遠存在一般。這就是「應無所住而生其心」的意思吧，認真活在每一個當下而不去執著結果。

只是滾滾紅塵，幾人能夠呢？

19

呂新銘因為護照被扣而滯留於達曼的恐慌日漸加劇。前天當他從外歸來向旅館櫃檯接待員索取鑰匙時，接待員禮貌地請他再繳交押金以便延續住宿。

他隨口應了一下，取過鑰匙。那時台灣並不發行信用卡，所以入住前要先預繳押金，以保證住房消費的支付。從此，他出門就帶著鑰匙，不敢再寄存櫃檯，以免讓接待員有機會看到他。每次進出門時，他都要特別觀察，挑忙時像賊一樣地快閃而過。

意識到餘錢不夠後，他開始在街上的餐室進食。不再於咖啡廳裡喝水，買雜貨店的桶裝水。總之他盡一切的可能，降低每天的花費。

昨日他和阿巴斯狠狠地吵了一架，說既然允杉公司已經在處理了而且又不關他個人的事，憑什麼扣住他的護照。阿巴斯則認定當初是他經手的，脫不了干係，還建議他去警局告發，就可拿回護照。

呂新銘心想也對，為什麼不去告發阿巴斯私扣護照呢？但又唯恐阿巴斯敢做此建議，背後定另有圖謀。他打了電話回公司諮詢，孫總以為不可。他說警局若受理告發就會移送糾紛給達曼法庭進行審判，而我們對回教律法一無所悉，只知相當嚴厲。一想到回教警察，呂新銘的心都涼了半截。

他試圖跟阿巴斯恢復友情，於是他上了車前往胡賽公司。一見到阿巴斯，他就為先前的暴躁道歉，而阿巴斯也表明了自己的不是。兩人好像盡釋前嫌，說說笑笑。阿巴斯還關心呂新銘身上的旅費不夠。他說了許多前例，個個讓人心驚。

「一個沒有旅費的台灣人，在達曼這樣的沙漠城市是不可能存活的。」阿巴斯下了論點，「索賠，應該被視為成本的一部分。實在沒有你的事，你不該被捲入。」

呂新銘知道阿巴斯嚇唬他的用意，就回應說李董和孫總一拿到簽證就來，就這幾天的事。至於旅費，他還充足得很，再過個把月應該不成問題。當然，呂新銘是在說大話，他的錢已經快用罄了。

「就算旅費不是問題，超過簽證而逾期停留也會受到懲罰。曾經有人因此被砍斷了腿。」

「就算我的腿真的被砍斷了。對你那一千萬的索賠也起不了任何幫忙。你我原是好朋友，阿巴斯，你何苦扣住我？如果你放我回去，我說不定還能對賠償起了積極的作用。比如，我能替公司籌錢，就間接幫到你。」

「賠償的款項是我的客戶要的，我只不過傳話。扣住了你，我的朋友，並非我所樂意，只是不如此允杉公司不會有誠意來談判。其實我還擔心你若真的因為逾期居留遭受到砍腿的懲罰，我怎麼對得起Grace？」

他想到了他新婚的妻，萬一他真的怎麼樣了她要如何受得了？柔弱的她，會知道世事這般的艱難嗎？他定定地看著阿巴斯，心中的憤恨被漸升的恐懼取代了。

阿巴斯拿出一份文件。

「David，這實在不關你的事，何苦被捲入其中。你簽了字，我立即就歸還護照，你明天就可以搭機回去看Grace了。」阿巴斯把文件翻到要呂新銘簽字的那頁。

「只要簽個字，就沒有你的事了。David，一切都解決了。」

呂新銘快速地翻看了一下文件。那是一項聲明書，承認運來的厚度只有一四．二公釐。

「可是我並沒有看到那批貨，我要求驗貨，也沒有被受理。」呂新銘從文件上抬起頭。拿回護照結束這一切，雖然十分令人心動，可是他簽不下字，他知道事關重大。

「你不簽也沒關係，David。我不怪你。」

阿巴斯又取出另一文件要呂新銘簽字。

「糾紛是非就讓法庭來審判。」阿巴斯故作輕鬆的說。「要不然，養個法庭幹什麼？」

那份重新拿出的文件是個補充協議，加注若有明顯爭端達曼簡易法庭也能受理審判。依照原合約的規定，雙方若有爭議，只可遵照英國法院的裁判，英國法庭依約有司法管轄權。而本合約保證支付的第三方確認銀行又座落在倫敦，倫敦法庭也可以受理本案。

品質糾紛的攻防戰可能要耗時經年甚至要數年才能最終定讞；首先要確認品質差異，再來是責任歸屬最後才是損害賠償。其中牽涉到異國舉證、專業法規等，十分複雜費時。

他反覆重讀補充協議，心底拿不定主意。

「回家吧，David。」阿巴斯溫和地說，並示意呂新銘該簽字的地方。

他雖拿起了筆，但簽不下字。

「回家吧，Grace在等著。」

「可是，我不是有權簽字人。」他抗辯著。

「沒關係，讓法庭來決定好了。你還是拿回護照吧。」

接下來的一個小時，雙方反覆拉鋸著，呂新銘終究沒有簽下。

「就算李董來了，也沒什麼用處。他能帶一千萬美元來嗎？你才剛新婚就要斷送在這裡，對得起Grace嗎？」阿巴斯的言語漸轉激烈。

呂新銘離開胡賽公司時為了節省車錢，他頂著烈日信步走回。沒吃早餐再加上剛才的激烈爭辯，他覺得餓了；可是，他必須捱到黃昏，他的錢一天只夠吃一餐。

頂著烈日行走，流出的汗雖如雨下很快地又被曬乾，因此襯衫並不會太濕，穿起來還好，只是衣服上面沾黏著一層薄薄的白色粉末；拍打衣服，白粉還會簌簌落下。

他換了沉沉半口袋的硬幣步入了公共電話亭，打電話到利雅德。利雅德位在達曼以西兩個小時的航程，是沙國的首都也是我國大使館的駐在地。

接電話的說著阿拉伯語是個沙烏地雇員，呂新銘用流利的阿語請他轉接薛大使；電話再轉到另個沙國雇員自稱是大使的祕書，呂新銘請他轉接大使，說是有點私事。

再接起電話，那端傳來了中文的問候，先自報了姓名聲音有點蒼老。是大使本人，不錯。大使接了！呂新銘有點喜出望外，又連續投入一些硬幣。

「是哪位？」

過了一陣子，薛大使才弄清楚並不是什麼舊識打來的電話。

「我是台灣的公民，在達曼遭逢了點事。」於是呂新銘扼要地講述了遭遇。話機裡傳來硬幣逐一落下通話得以繼續的墜幣聲，呂新銘著急地等著大使的回話。

「這位先生你可以約你的客戶到大使館來，我來幫你們做仲裁。」

薛大使敢情還在狀況外。呂新銘趕緊解釋沒有護照他搭不成飛機去利雅德；依照合約，只有倫敦的法庭有司法管轄權。

「大使館能替你做什麼事呢？」

「可否請大使先生特別來達曼一趟，保證允杉公司會積極處理並取回我被非法扣押的護照？」

「呂先生，我可能專程去不了。不過，下個星期大使館在達曼排有活動，歡迎你帶你的客戶過來，看看我們可以做什麼。」

「但是，大使先生，我身上的旅費就要用完了，支持不到下個星期。旅館已經催我再繳押金，可是我已經沒有錢了。」呂新銘邊說邊急切地繼續投幣，耳旁傳來得以通話的墜幣聲。

「呂先生，這已經超過了我們的業務範圍。」大使的聲音更加蒼老，聽起來似乎有點動怒。「大使館的首要任務，在於鞏固中沙兩國的邦誼，至於個別生意的糾紛，還是不能太介入。中沙關係本來就困難，你們做生意的人為什麼還在厚度上偷斤減兩？增添國家的困難呢？」

為了聆聽大使長篇的訓斥，呂新銘的硬幣快要用完了。

就在呂新銘向大使解釋 **JIS** 規格時，硬幣用盡了通話戛然而止。他悵然地步出話亭，耀眼的烈陽照花了前路，他一時之間不知該走哪個方向。

回到旅館。他趁櫃檯無人快步通過，背向櫃檯他急切地默喚電梯，快快下來，快快開門。

但是，擔心的事偏偏就會發生，他的身後響起一聲清脆的「呂先生！」那接待員出來，叫住他。

呂新銘回過頭向他笑笑，一副有什麼事的神情。

「你已經超住了，呂先生。」接待員禮貌地說，「請你先結清前帳，再補個押金。」

「好，好。」呂新銘一邊應著，一邊要邁入電梯。

然而這次接待員卻頗為堅持，攔住了呂新銘要他立刻就辦理。

「這是對待常客應有的禮貌嗎？」他愈是心虛愈要裝出發怒的樣子。

兩人爭論的聲音，引出了經理。經理穿著筆挺的白襯衫，上面罩著黑背心，挺高著肚子很專業的樣子。經理詢問了原委後，低聲的問他有什麼不方便的地方，呂新銘說身上沒放那麼多錢，寄存在朋友處明天見面就可以拿了。他想到阿拉伯人「明天就做」的口頭禪。想先應付過去了再說。

旅館經理要接待員緩一緩，然後好意地告訴呂新銘，今後也可以使用旅館的保險櫃。櫃檯後面的房間內有一整排的保險櫃，房客和旅館職員各持一把鑰匙，兩把必須共同運作才能打開保險櫃的門。

20

妳清晨就起床了然後一直忙個不停，其實也沒做什麼事就是停不下來。今天是妳的文定日，雖然妳明白那只是個程序，可是一戴上傳承的帽子就嚴肅了起來。再加上父母重視禮儀，妳不由得更渾身緊張。

二堂姊和小堂妹在房裡陪著妳有一搭沒一搭的說著話。八時許，鎮上的美容院就有人過來幫妳們化妝、吹頭髮。幾個女孩子擠在房內嘰嘰喳喳地說笑著。

一會兒，有人敲房門，魚貫地走進大舅、舅媽和爸媽等人。大舅在台南市內經營汽車零配件的批發、零售，今日為了妳的文定之禮專程過來主持。大家都站起了身，小小房間塞滿了人好不熱鬧。

美容院的美髮師走後沒多久，房外的通道就響起了一陣雜沓的聲響，然後前方爆出了炮竹聲，應是David他們的下聘隊到了。接著妳家宅前也跟著響起了回應的爆竹。

兩個月前，David從都拜回來後就請允杉公司的孫總夫人當媒人來提親，妳的父母知道David的家庭簡單，儘量避免了繁文縟節免得累了自己的女兒。所以各項程序能省就省，比如大聘、小聘就不要了。可是對某些基本的禮儀，妳父親仍是堅持的，傳統大餅可用「美而廉」的西式餅乾來取代但仍要兩百盒；六禮儘管不完全，該有儀式也少不得，因為親友都會來觀禮。妳是張家學歷最高的女生，在鎮上可是顆大明珠，人人識得人人關心。

推開房門，四嬸走了進來隨後跟入的是孫總夫人。妳趕緊立起身。她們看妳身著大紅旗袍足蹬紅高跟鞋梳妝打扮齊全，滿意地笑了。原來四嬸今天扮的是牽妳奉茶的福氣婦人，而孫夫人則是媒婆。眾人七手八腳幫妳備妥奉茶的茶具，由四嬸牽著妳款款走進客廳。只見茶桌上疊放著三個鋪了紅絨布的木盒，裡面整齊地盛放著送給妳的套裝、高跟鞋、成片狀的金項鍊、一對玉鐲子和珍珠耳環等，還有幾盒喜餅表示個樣子。靠牆的矮長櫃上則半立著女方等會要回送給男方的六個木盒，也都鋪著紅絨布。電視、冰箱和洗衣機等提貨券裝入紅包袋立著。中間圍坐著妳要奉茶的內眷，四周或站或坐的都是觀禮的親友團。

妳奉上的第一杯甜茶是給大舅，第二杯則是給坐在其旁的婆婆。妳雖只是第二次見到婆婆，對她卻有著深刻的印象。婆婆是個粗骨架的女性，但說起話來卻細聲細氣，非常溫柔和善的人，她的眼神有些退縮，盡量不和旁人的接觸到，所以她雖滿臉堆著笑，妳還不知道她真正的心意。可是妳可以感受到她溫婉的笑容後面有著超乎常人強韌的意志力。此時，孫總夫人在身側逐一的說著吉祥話。妳剛聽到孫總夫人唱唸：「新娘行出房，茶盤雙手捧」；「新娘真水真好命，內家外家好名聲」，不禁對孫總夫人的才藝大為起敬。

逐一奉完茶後，妳又被四嬸牽回房去。奉茶時 David 西裝領帶一副正經八百樣，妳和他互看了一眼，雖然只是一閃眼但是你們都明白彼此的訊號，心裡甜蜜蜜的。

四嬸再次牽妳出來一一收回茶杯，每個人放回茶杯時都塞上一個捲起的紅包。那紅紙袋是妳和 David 挑的，上面有金色的囍字。而袋內包著多少錢，妳則不知道了。

隨後妳又被帶到幾步路外的大伯家。大廳中央面對大門處擺了一隻仿宋的高腳木雕椅子，前邊有個雕花的小矮凳。伯母和嬸嬸們要妳坐入高腳木椅，然後右腳跨踩在矮凳上。穿著旗袍，卻是這種坐姿委實不協調，但禮俗如此妳也只能乖乖地聽命。堂姊妹們一走進看到妳的坐姿，每個人的第一反應都是笑得不可開交。只有坐在輪椅上剛被大伯推進的阿嬤，喜孜孜地猛誇妳穿紅旗袍好看。

一會兒觀禮的賓客陸續地走過來，圍站在四周。David 被引導走近妳，從西服口袋中掏出一個黑色的小首飾盒。他打開了盒蓋，裡面潔白的緞面上端坐著一只紅寶石戒指。他取出戒指，然後再輕輕抬起妳那戴著白紗手套的右手，將戒指緩緩地從妳猶戴著手套的中指穿入，到了指節處就停住了。

換妳給 David 戴戒指了。四嬸拿著一個綁著紅線的金戒指妳取出它幫 David 戴上。在套入戒指那一剎，妳仰起頭飛快地瞥一下 David，他也正看著妳。你們在四目相接的剎那又再次地交換了不為人知的心意。

有人拖來椅子要 David 坐在妳旁邊，好讓妳媽幫他掛上金項鍊。那是一條沉甸甸的厚實的項鍊，足足有一兩重還多。掛在他潔白的襯衣上，滿好看的。David 低聲地說句：「媽，謝謝您！」

哇！改口了！

隨後，妳的父親就帶著你倆祭拜了堂上祖先。然後眾家親友都被邀請去鎮上的鴻運樓用午膳。

大家向潮水一樣的退去。只留下妳跟廳堂上繚繞的香煙，空氣中有股神聖的靜穆，妳靜靜地沉入和祖先在一起的感覺。妳和 David 交換戒指四目相投的剎那，妳心裡說交給你了！他心裡也說我用全心全意來接著，而張家的列祖列宗就在身後作見證！

21

李董的簽證還沒有下來，允杉聯繫了熟識的公司商號請他們支援呂新銘，但是沒有人願意介入這起糾紛。

胡賽公司雖不大，卻是由沙烏地阿拉伯人親自經營。在達曼，一般公司的經理人員都是來自敘利亞或黎巴嫩等地的外國人，也算流亡到達曼，誰也不願惹地頭蛇。更何況在生意立場上，他們的利益較親近胡賽公司這邊。

他的旅費，紙鈔加銅板，只剩下一百多塊里亞爾。他甚至到不起勞工餐室，改吃「囊」（naan）度日。「囊」是阿拉伯人平日的主食，類似沒有芝麻的燒餅，阿拉伯人拿揉過的麵粉糰，黏貼在烤桶的內壁上，用熱氣烤乾了麵粉糰，就成了「囊」。一塊里亞爾兩個囊，稍可飽腹。

只不過吃了囊後，口會很乾要喝大量的水。雜貨店賣的淡水太貴了，他學著巴基斯坦勞工，改喝免費的淡化海水。

就這樣子的打著消耗戰，日夜盼望著李董快來。

他如要主動聯絡台灣，就從公共電話亭撥打受話方付費的電話。一層層的人工接線，通話品質很不好。沒過多久，公司還要回撥來證實剛才的對話內容。不過，至少他提醒了公司，呂新銘還撐著。

若非絕對需要，他則避免經過櫃檯。但是今晚櫃檯還是撥上電話，請他下去一趟。事到如今，他把他遭遇的困難都坦誠的告訴了經理，並說李董指日就到，請經理寬限。

「離開了這裡，可有住的地方？」經理流露出感同身受的痛苦。

「舉目無親。」他坦誠地說。

經理長嘆了一聲隔了幾秒徐徐地表示，雖然他完全明白也能體會，但是他的老闆，也是旅館的東道主，不能了解。尤其，最近房間很滿，已經有幾個常客訂不到房，這件事已引起他老闆的高度重視。

「我是個專業經理人，就是被請來做專業的事。我雖說同情你的處境，但是不能因此誤了我服務老客戶的機會。」

經理重申他的能力有限耐性也有限，希望他無論如何先結清前欠的再說。

今晚的討論，就在這種不平和的氣氛下結束了。

他回到了房間，呆坐在床沿上，心裡茫茫然有種窮途末路的感覺。說也奇怪，他還沒滿三十歲，卻覺得已歷經了人間的滄桑。

他還挺在這兒。他不知道為誰而挺，為何而挺。另一方面，他也簽不下文件。那對公司將是個大災難，而且整件事隱隱透出不尋常，指證雖歷歷，但當他要求要驗貨時，卻無貨可驗。

如果換成她，她會怎麼做呢？或者，她會怎麼說？他不禁想到 Grace。朋友都說 Grace 有俠女之風，站在那兒一派英姿颯爽的樣子。只有他知道 Grace 內心裡多麼柔弱，只敢在辯論會上唇槍舌戰，現實生活上卻一向選擇退一步路。換成她，她會怎麼做呢？她會簽嗎？一想到簽下文件，他就聯想到叛徒。

他又想到住在烏日眷村的寡母，生在嘉義，人家的養女，依照當初的風俗，若生下女兒就得跟別人的交換領養。大概是過於窮困但又狠心不下榨用自己的女兒，所以就易女而榨了。他的母親年幼時吃了不少苦頭，幸而後來遇到了他的父親，一個山東籍的士官長，庇護了她。他的父親在他還就讀小學時就去世了，他的寡母辛苦養大了他以及妹妹。他還記得那位於半山腰的小學，很小但有種淳樸的美。當他考上政大，放榜當時他母親開了兩片大門祭拜祖先，然後到村子的路口燃放鞭炮。當小學的校長問他母親有什麼喜事，立時他母親就驕傲地回答獨子考上了國立政大。他還記得母親當天的模樣，花白的頭髮向上梳了個髻，但眼睛卻亮晶晶的。她如果知道他現在身陷困境，不知道會哭暈幾次。原先她就心疼他常出國跑來跑去，叫他不要做了。但他的妹妹卻相當以哥哥為傲。她在鎮上一家軍品行，擔任會計，很羨慕哥哥的四海闖蕩，常埋怨自己的青春就葬送在一個小鎮，一家軍品行裡。

或許他可以簽下那補充協議，然後趁機從中脫困。補充協議允許在有明確標的情況下，雙方同意達曼簡易法庭的審判可以做為最終判決。屆時他可以爭辯他並非有權簽字者，此外他是在護照被扣押的情況下，不得已才簽下了文件，脅迫下的簽署當然無效。

可是明知自己無權簽字卻簽字，胡賽公司會不會主張允杉公司詐欺？如此則更慘。此外，護照被扣押難以舉證，法庭可能不會採信。

想著，想著，他胃裡一陣陣噁心，有點想吐的感覺，或許是因為今晚吃囊後，喝下了太多的淡化海水。當時他就覺得難以下嚥，但是想到一整天還沒喝上多少水再加上囊餅有點噎著，他就多喝了些。他的胃從未曾難受過，令他一向自詡擁有個鐵胃，無堅不摧。今晚，竟難過起來。

除了胃難受外，他整個人好像也虛虛的，渾身沒有勁。不知道是營養不良，食物太少，或者他病了。

這個時刻，千萬病不得。他警誡著自己。

但這種沒勁的感覺，就像要發病一樣。幾年前他初進允杉的時候，也曾經有這種感覺而後病了幾天。

他的心又砰砰跳起，呼吸開始短促起來。他打開了抽屜，從中取出一個拇指大小的塑膠藥盒吞了一顆藥。其實還可再待會，可是他不想冒險。

他反覆的想著，先簽了那補充協議，拿回護照解除眼前的危難再說，毫無疑問，他不是有權簽字人，所以那份文件不應生效。阿巴斯一定會反控他們詐欺，可是他也可以主張在簽的當下並不知道自己無權簽字。然而這點並不好，似乎暗示著自己理虧。或者，他可以主張簽字時，已經告知阿巴斯這個疑慮，但是，若阿巴斯真的知道無效，也不會歸還他的護照。簽了還是無解，徒然多留下一個把柄在阿巴斯的手上。

有沒有什麼辦法可以證實他的護照被阿巴斯非法扣留？他是在被脅迫之下，才簽了字。或許旅館願意作證，但是光有人證算不算數？他思緒如潮湧，在床上輾轉反側。一時好像有所悟，再一細想又沒有；迷迷糊糊中，他沉沉地睡去了。

夢中，有 Grace 的身影。有他們的新家。進門入了玄關，就是一座長沙發，面對一堵鑲架著電視和音響的隔牆。牆兩旁是參差的置物格，密密地排放著書本、錄放影帶、卡帶，還置放了些小相框。

Grace 在他烏日的家旁笑得很燦爛。

22

David 突然斷了音訊，已經連續第四天。事情似乎愈演愈烈，妳不知該如何是好。

董事長的簽證還沒下來，允杉雖然託關係希望辦理急簽，不過手續似乎更緩慢。小蜜前兩日，就憂心忡忡地深怕 David 的錢支持不下，旅館櫃檯已經多次催促 David，要他先結清超住的天數。允杉公司在達曼熟識的幾家行號，只是口頭上敷衍著遲遲不願介入兩造的糾紛。David 得不到任何的奧援，似乎即將孤立無援。

允杉的孫總說，這正是胡賽公司所要設局的壓力。

「他要我們承認那筆貨是允杉單方面的錯誤。」孫總向妳解釋，「雖說我們一簽字他們就放了護照並且答應協助 David 順利回來，可是關係重大我們不能這樣不明不白就簽了。」停頓了一下子，他接著又說，「事實上，他們在當地也找過 David，要 David 承認他所經手的訂單並沒有照合約上的十六公釐足額厚度交貨。」

雖然一簽字就能解除所有的危難，但是 David 可不敢簽。一則，這對允杉的傷害太大了；二則，他只要一承認沒照合約履行，就有可能會被送上達曼的伊斯蘭法庭。伊斯蘭律法以嚴厲聞名，他打電話回來諮詢，孫總再三告誡簽不得。

胡賽公司拿著 David 的安危來施壓，David 身上的錢即將用罄。小蜜說 David 已經不敢買水，只能喝街上的淡化海水，一天就在民工餐廳吃一餐。入住時，預付的房費已經住過頭了，旅館一再催促先結清前帳再預繳續住的天數，以保留房間。在晝夜溫差如此懸殊的沙漠城市，一旦失去了旅館的遮蔽猶如被判了死刑。

「David 為了執行公司的業務，正徘徊在鬼門關之前。」

妳想到了 Kent 的評語心底陣陣恐懼昇起，身子不禁顫慄起來，妳必須深深吸氣，一次深過一次才能平息心裡的恐懼，控制住手腳的顫動。

「我們知道，我們知道。」孫總前傾著上身，手指關節不由自主地敲扣著茶几。

允杉也曾致電位處利雅德的大使館，期盼大使館能夠調停。但是大使館對這件攸關國人生死的事，反應卻不怎麼積極。基本上，大使館認為大使的首要任務在於鞏固中沙邦交。至於生意人之間的糾紛，不該成為國家公器的困擾，尤其商人在品質上偷斤減兩，更讓國家蒙羞。利雅德位於沙國的中央，距達曼兩個多小時的航程，大使館原本下個星期在達曼就排有行程，屆時或可隨機調停，但現在沒有預算可以專程派人到達曼去支應個別的商業行為。然而，大使館如果下個禮拜才能來成，這跟不來沒什麼兩樣。生死永隔，只在這一兩天。

允杉跟貿協駐達曼的李主任相熟。不巧，李主任這兩天剛返台述職，他大約已辦完公事現在完全聯絡不上他。只知家眷也一起回台，可是一個電話接一個電話仍查訪不到他的蹤跡。達曼相熟的行號也袖手旁觀，不願介入紛爭。雖說相熟滿天下，真正要救命時卻沒有能派上用場的。David 的機會正在一點一點的流失。

孫總卻認為事情雖然危急，也還不至於到旦夕安危的程度。他表示允杉已經聯絡上華航派駐達曼空港的黃經理家屬，必要時一通電話就可先從黃經理處獲得接濟。

妳不知道孫總說的又是一番空話，還是真的救得了人。妳昨夜夢迴，夢到David渾身冰冷拿著兩隻眼睛定定地望著妳。David的眼睛一向不流露出喜怒哀樂，可是這次的眼神卻露出死別的哀傷。妳渾身冰冷地驚醒，這才發現夜涼了而身上沒蓋著被。妳為自己覺得冰冷而有罪惡感，想想David在那樣無助的情況中；而妳安睡在屋子裡竟然還感到寒冷。

夢到David已經不是一次兩次了。每次的夢境都不同，但一樣的焦慮一樣的悲涼。

妳突然想到，是否也應該讓David的寡母知道，妳委實放心不下，但又覺得擔子太重了，擔待不起。想了又想，妳從允杉給David的妹妹撥去了電話。她在烏日鎮上一家軍品店從事會計。

剛開始時妹妹好像聽不懂，漸漸明白了事情的始末卻又像不能體會嚴重性。經妳再三解釋：沙漠溫差、旅店房費、一日一餐、只能飲用淡化海水。若花光了身上的錢還回不來，就是彈盡援絕了。妹妹似乎終於聽懂，電話那端一片靜默。妳方才的解釋，勾勒了很多可能的情境也勾起了自己心底的恐懼，妳停不住顫抖的手快握不住話筒，一句妹妹也叫不出聲，只覺得牙關間因寒冷而上下碰撞咯吱咯吱響個不停。

話筒兩端的兩個人都講不出一個字來。

兩人空握著話筒，良久擠出一句話，「要不要告訴媽？」恐懼引發的寒意，將兩顆忐忑的心緊串在一起。

妳覺得好像和妹妹互擁著，痛哭了一場。

23

妳又一次從睡夢中驚醒，窗外猶斜掛著一彎清月，但天色已漸漸發白了。

妳不想去上班。雖然到允杉，也只不過是抱團取暖而已。但近日 David 曾經在台灣上午的時間，經過接線生打受話方付費的電話進公司。越洋電話的通訊原本就不好，話聲空洞而遙遠且間有雜音，人工接線更是雪上加霜，通話有時會暫時中斷。但至少可以知道 David 仍然無恙，可以保持聯繫。

希望 David 今天還會撥打電話進來。妳祈禱著。

門外，聽到鄭小妹走動的聲音。她大概已經起床了正在準備上學，做學生的日子是蠻辛苦的。

妳猛然想到妳跟 David 的母校。妳想起了系主任，就讀外交系時，妳常笑語喧譁的進出系辦公室。政大外交系一向炙手可熱，而妳當時還是系上受寵的學生之一，何等天之嬌女。系主任林老師的額頭，飽滿而柔和，鼻樑上掛著金絲邊的眼鏡，一派溫文儒雅的模樣。林主任常笑誇自己也算是桃李滿天下。外交部有一半的人都上過他的課。

何不去找林主任？說不定他可以影響駐沙國大使館？妳愈想愈對試試也好，只是離開學校後就不曾再回去，教師節連個卡片也沒問候過。三年了，不知林主任是否還記得這個學生。

不管了，總是要試試。

妳搭指南客運，在政大站下車。妳進了校門走過系所，夏日的花木茂盛極了。穿行過熟悉的校園，學校系所還是一落一落的分隔著，花木還是這樣的扶疏搖曳，妳恍若回到從前。

推開門，踏入系辦公室，妳表明來意接著被引入了一個小接待室。妳坐在位子上，前傾著上身。這隔間的接待室是新設的。不知道如此唐突地來找主任，是否太冒失了？

妳告誡自己，等會兒要有條理的陳述，要清楚的表白需要何等的幫忙，不要太情緒化。

過了一下子，林主任推門跨進。一看到妳就驚喜地叫起妳的名字，依然是那樣熟悉的聲口。看到了林老師，妳微欠著身站了起來，靦腆地叫了一聲老師，一出聲妳就忍不住地放聲大哭，妳覺得這不是哭的時候一下子就止住了聲。但兩行熱淚，仍然不由自主地流落而下把整張臉都弄花了。

「別哭、別哭。受了什麼委屈呢？」老師落坐在妳的身旁，側垂著臉輕拍著肩，溫和地探詢著。

剛止住的哭聲又猛地一下子爆了出來。妳伏在桌上，聳動雙肩披覆著長髮，嚎啕大哭起來。頓時，多日的緊繃鬆懈了開來！

大哭一場後，妳終於能控制住情緒敘述起 David 的遭遇。才說了兩句，妳又開始抽搐，擦乾了淚接著敘述，妳說得雜七雜八，還好林老師相當耐心的傾聽著，自行整理出頭緒來。

「那麼，我國駐沙大使館又能怎麼幫忙呢？」林老師探試性地問。

「先借給 David 一點生活費。」妳直接表明。至於被扣的護照以及因此而過期的居留等，都是其次的考量。

林主任一向蘊富著同理心，擅長於聆聽的臉容卻不尋常地透出一絲絲不以為然的神情。

「如果連這麼單純的要求，都要動用到大使館，不是有點小題大作嗎？」

顯然，系主任還不能完全體會 David 面臨的危險。於是妳詳細地解說因為沒有信用卡，所以要先預付一筆現金給旅館作為押金。現在 David 已經超住原先押金，旅館多次催促要 David 先結清所欠房費，再補齊續住天數。旅館的房間數已經不敷需求。一旦被旅館清出，David 就得露宿街頭，而沙漠城市的晝夜溫差駭人。David 已經一天只吃一餐，不買水只喝淡化海水，David 身上的錢隨時會耗盡……等等。

妳又說當地商家朋友，怕得罪胡賽商行不願支借給 David；台灣大使館下個星期才能排行程到達曼；貿協的李主任剛巧返台述職；允杉高層的沙國簽證還沒下來……等等。

「為什麼不直接匯錢給他呢？」

妳解釋一則要有銀行戶頭才能電匯，而在沙國拿普通簽證的外國人不能開戶。二則，台灣和沙國的銀行沒有直接通匯的關係，必須找到對彼此能通匯的銀行才能轉匯。亦即，在台灣的A銀行要先匯給第三地B銀行，B銀行再轉匯給中東的C銀行。手續繁瑣，曠日耗時，救不了急。

「萬一旅館不再讓住了，是不是可以先睡機場、火車站或巴士站？」

妳繼續解說。這些日子，把妳磨得有點沙國通了。沙烏地阿拉伯的律法是禁止行乞的。露宿公共場所，會先遭受宗教警察鞭打驅趕，而後有一般警察的取締。達曼沒有火車站。最近的機場，在兩個小時的車程之外。

「那可不可以直接託人帶去？」

入國要先取得簽證，而允杉高層的簽證甚至比平日進行的還緩慢，允杉雖用了急簽辦理還是一樣，妳懷疑胡賽商號從中做了手腳。

林老師的臉色愈發凝重了。他說妳一個小小孩子要受這麼大的壓力，他不忍見妳再受苦了。

於是林老師翻查了一下厚厚的通訊錄。抄錄了幾個電話交給一個同學，要她代為撥找中東司國際科的劉科長。電話接通後寒暄了幾句，林老師就切入正題：

「子敬，我有個學生，在達曼市出了點事。想和你商量一下子，看可以怎麼幫他？」

林老師扼要地敘述一下 David 的處境。只聽得兩人在電話中的討論，一來一往，轉趨熱烈。十來分後，做出結論，就是從公事角度得以幫忙的方法不多，而且公文旅行非常冗長，然而就私人情誼來說，那可是小事一樁。

林老師轉達劉科長的話，「利雅德那邊還要幾個小時才上班。等他們上班了我再和他們討論，看私人情誼上能怎麼做。不過老師您放心，這肯定是小事一件！」

林老師要妳安心。生死交關，這件事他絕對會追得特緊！

走出系辦，空氣裡有一股雨後初晴的清新。剛才下過雨嗎？誰知道，夏日雷雨喊來就來喊停就停，捉摸不定。妳往校門口方面走去，邊走邊吸氣空氣很清新，頭上的樹葉，還滾動著雨後的水珠。好像很久沒有呼吸到新鮮的空氣，妳貪婪地聞著。枝葉間微透出高遠的藍色天空，襯著厚肥的綠葉，更顯出天空的蔚藍。

妳突然想到，為什麼不趁機也去拜訪 David 阿拉伯語系的老師呢？以前，在校區還會偶見一兩位大約是老師的中年人，戴著印製小紅方塊的阿拉伯方巾並用一條粗黑的布繩箍在頭頂。人群中，十分醒目。

「阿語系的老師，總有當地的關係吧！」

於是，妳轉向左後方往阿語系的方向走去。天邊隱約掛著一道彩虹，妳記起去年夏天 David 騎車載妳追彩虹的那個雷雨後的鄉間。

24

耳旁傳來那年輕男子急促的聲語：

「請把張萬成的電話號碼轉給 David。必要時，可以住他那裡。我這朋友已經知道了，而且願意幫忙。」

妳大為驚喜，連聲感謝。表示會立刻給 David 去信。

「快信也要十天才到。還是先用電話或者發個電報通知他才來得及。」那男子又交代。

妳唯唯諾諾答稱這正是妳的本意，妳連聲道謝，希望沒給他添加太多麻煩。妳的聲調清脆開朗起來。

經過幾天焦慮的煎熬，這是第一個好消息。沒想到竟然是他伸出了援手。

上班時妳的課長 Nina 察覺到妳心神不寧的異狀就問起緣由，妳把事情的始末原原本本地告訴了 Nina，而 Nina 也做出了許多建議只是都不可行。

「這也不行，那也不行。要怎麼辦才好？」Nina 頹然地攤下雙手卻又像想起什麼似的猛然舉起右手，在鼻前豎立起一隻指頭。「為什麼不去找那個叫做什麼史考特的來試一試，說不定他們公司有什麼辦法救得了急。各有各的路子嘛！」

「去找那個被 David 趕出中東的史考特？他不恨死了 David？還會幫忙？」妳睜大了雙眼，覺得真是匪夷所思。

「說不定。不過，就算試不成也沒什麼好損失。他到底是妳在台灣唯一可以找到跟妳先生在這趟旅行裡有過接觸的人，而且還是最後接觸的人。史考特既然敢跑中東，他公司應該在當地就有什麼關係才是。各人有各人的路子。反正，妳只要能救急就對了！」

這個去找曾被打敗的敵人來幫忙的構想雖是出乎常理，好像也有幾分道理，妳想了想或許值得一試，就算病急亂投醫好了。

但又想到那個史考特不過是個菜鳥還被打敗過，他幫得上忙嗎？然而，Nina 也沒錯，各家公司有各家公司的路。所謂的「幫忙」，不過是在此危急時刻借

David幾個錢罷了。如果有借錢的門路，其實也沒什麼特別的困難，可是他終究是個競爭者是個敵手，他的生意被David攔截掉了，他不恨死了嗎?只是Nina的話也對，試一試沒有壞處頂多就是不借，這結果跟不試一樣。Nina看妳沉吟不語，忍不住就一股勁的催。

「Nina，讓我再想一下，好嗎？」

如果David知道妳去求史考特幫忙，他會同意嗎?David的狀況真到了千鈞一髮的危急時刻嗎?或者，這只是一場自己嚇自己的杯弓蛇影?David不會喜歡妳跟任何人低頭，更別提向那個敗將了。

回想婚前和David去基隆的那個晚上，辦完事後你們趁機去逛逛聞名已久的基隆中正公園。那公園其實是個依山而建的休憩場所，園區連著黝暗的後山，並沒有明顯的分界線。要入園先得爬過一道陡峭的水泥階梯，應有百來階，一鼓作氣而上難免氣喘吁吁。平台上的遊人稀落，左後方又有道陡峭水泥階通往忠烈祠或者可以順著大路略繞點遠就可經由坡度較平緩的兒童遊樂區再上去。你們手牽手順著路走，在初夏的晚風中倒也愜意；然而一轉過彎妳立刻就發覺前方約十公尺的道路兩旁圍站著七、八位殺氣凜凜的青少年，好像是兩派人馬在喬事情。妳遲緩前進的腳步緊了緊掌心，示意 David 後退繞路而行；但 David 也緊了緊掌心，硬拉著妳依照原先的方向往前走。妳明白 David 執意要穿越這群青少年。雖然緊張但在那麼短的時間，妳也沒法反應只能配合，幸好你們平安穿過那群人而沒惹出事端。事後妳問 David 為什麼寧可冒挑釁他們的危險而不願繞路遷就？David 只是面帶歉意地笑笑，沒有爭辯什麼。妳因此知道那是 David 的驕傲，讓他無法示弱。

所以，David 不會贊成妳去找史考特的。

「我不是在催妳。」不知隔了多久 Nina 又發話了。

妳這才發覺，早過了下班鈴仍留在辦公室的同事只剩零零落落。Nina 一字一字的接著說，「不要放棄任何的生機。如果真的發生不幸，妳不會原諒自己的！」

Nina 的話，震撼了妳的心。是的，不能放棄任何的生機，妳只要 David 平安回來，什麼都可試。他顧著面子，然而妳只要他能回來！

「可是我要怎麼聯繫史考特？我又沒有他的電話或中文名字。」

「查 104 啊！達鋒公司。」

Nina 按了桌機的免持聽筒鍵。原來她撥去 104 查號台。

「喂，請查達鋒貿易公司或者達鋒股份有限公司或任何有達鋒這名字的公司。

對，鋒利的鋒。」

隔了一會，查號台傳回：

「登記有達鋒興業有限公司，在復興北路上。可以嗎？」

Nina 連聲道謝，抄下了報出的電話號碼並遞給了妳。

就這樣，妳終於聯繫上史考特先生。妳依約去達鋒公司拜訪。達鋒設在一家商辦的十二樓，一步出電梯就看到了達鋒的燙金字招，妳在接待小妹的引導下坐在門廳旁的沙發椅。達鋒公司將接待區和辦公區用大片玻璃當牆面隔開，玻璃牆上掛著一排排乳白色的百葉窗簾。在接待櫺的右邊，有個小門。從窗簾與窗簾之間，依稀可看到伏案工作的人影，可聽到此起彼落的電話鈴聲，這場景是如此的熟悉，妳甚至可以猜到談話的內容。說也奇怪，妳心裡升起一股似有若無的敵意。不知是因為David 之故或者妳也是個貿易界同行，這氛圍激起妳潛在的競爭意識，就像誤闖敵營妳覺得渾身不自在。正當後悔來得冒失之際，門開處跨出一個身著淡綠襯衫、卡其休閒褲的年輕男子，臉上還帶有淡淡的時差痕跡，他就是史考特了！那個被David 踢出中東的人。

那年輕男子簡單的和妳握了握手，做了一個「請坐」的手勢就自顧自坐下了。

隔著茶几他再向妳求證來意，他的臉上掛著一種似笑非笑事不關己的看熱鬧樣傷了妳的自尊。妳在電話中已經解釋過現在更以第三者不卑不亢的冷靜語調詳盡地重新描述了情況，史考特聽完後禮貌性地表達同理心然後便好奇地問為什麼會找上了他，妳說明因為先生的來信中提過他。妳有意強調難度好適時送上高帽。

「我先生的家信中曾說，一個台灣年輕人在沙漠城市攝氏四十五度的高溫下敲開一張又一張陌生的門，憑一人之力竟能在異國保守的傳統通路掀起一場革命。」

「過獎了，我當時以為大家出國做生意都是這樣並不知道自己做過了頭，無知者的愚勇是最大的！」他聳聳肩苦笑了一下，「我還不是空著雙手回來。」

「那是 David 操弄公差，用詐術贏了你。對於 David 的作為，我鄭重道歉，相信他在那種環境之下也是不得已的。」妳站起了身，將雙手疊放在腹部深深地鞠了一躬。

「千萬別這麼說，我並沒有怨呂先生。」他趕緊也跟著站起。「事實上我還要感謝他，他讓我的心智在一個晚上突然成熟了起來，明白了叢林的法則。」

史考特接著說：「既然妳也知道我和呂兄這段故事，為什麼還會來找我呢？」

「您在深夜敲開了 David 的房門直接質問別人報價比較低的原因，還說若給個明白，您就離開中東永不再踏進這個市場。假使您沒有任俠的個性，就不會這麼明快了。」這雖是妳送上的高帽却也是妳心裡的話。

一個光明磊落的敵人比十個懦弱汙穢的朋友，更可託付。

妳話還沒說完，史考特的臉就變了。他收拾起那個事不關己的笑容，換上一副誠惶誠恐神色。

「呂太太，很抱歉我不能承擔妳的請託。我只去過中東一次，上次是我唯一的一次，實在沒有建立起什麼關係。」

「我知道您剛退伍下來不久。不過貴公司在當地應有什麼關係，才敢派您出去。」達鋒是允杉之外妳唯一知道也從事中東貿易的公司。

只見史考特漲紅了臉尷尬的解釋達鋒公司是個新成立的小公司，只在新加坡有個客戶做中轉，因此才派也是新手的他前去中東，碰碰機會。他和達鋒，一個是新入行一個是新設立，中東對兩者都很新鮮，沒有什麼資源可以應用的。

妳聽後覺得剛升起的希望又破滅了，空留 David 在生死邊緣掙扎而自己卻出不了什麼力。史考特看到妳泫然欲泣的神情，喃喃地連聲道歉直說雖想盡點什麼，可是真的是力有所未逮，絕非有什麼保留。

既然他幫不上什麼忙，妳覺得應該就此告辭，但是妳因虛脫而一下子挪不動身體，兩人就默默地對坐一陣子。史考特很懊惱地說他原本在達曼有個經紀人可以託事，可惜處理不好，兩人的關係已經結束了。說著說著史考特突然眼睛一亮，想起一個人來了。史考特說他認識一個住在達曼的台灣農耕隊朋友或許可以幫忙，但他和張萬成的交情只有一飯之緣，必須先打個電話給張先生看他是否能救急。史考特就說了一下跟張萬成認識的緣由，以及張萬成的好客、重情義的個性。雖然只是一絲希望但那是妳僅有的，妳一再要求史考特千託萬託活命的希望就寄託他身上了。

史考特請妳稍候一下，起身進了辦公區。隔一會兒，史考特又推門而出，走向妳並遞來一張紙條上面寫著張萬成的名字和他的電話號碼。

史考特說等達曼上班後，他就會給張先生一個電話求他幫忙。成功與否，他都會打電話給妳。妳留下了公司和鄭先生家的電話。萬般請託，妳告別了。

回公司時妳混在午休用完餐的人潮歸回了座，因此沒有幾個人知道妳曾外出，這是 Nina 的計策，成效似乎不錯。但待處理的文件卻堆積了起來，今日妳要趕完兩份押匯文件。所以整個下午妳都坐在打字機前忙著滴滴答答地敲打鍵盤，押匯的文件有時效性會計們跟催著。忙碌也有好處，至少妳暫時忘了焦慮。約下午四點時分，史考特來電了，由 Amy 轉進。妳拿起聽筒，喂了一聲原以為又是會計部來催文件，但耳旁響起一個陌生男子的聲音妳這才恍然是史考特。

電話裡，他說張萬成樂意幫忙但擔心能力有限，不過相信吃住幾天的救急應該不是問題。

妳手持著話筒，覺得這幾日的陰霾有解了。Nina 從辦公桌的隔屏探出了頭亮著眼珠凝聽妳和史考特的對話。

25

他又到街上的電話亭。明知希望微薄還是要試，大使館是他目前唯一的希望。用了五分之一的餘錢，他換了二十個哈拉拉。

接電話的應該是個國人，用國語交談。話筒裡傳來不斷落下的墜幣聲。呂新銘急著想接大使，偏偏電話那端又一再求證他的身份，在急迫的墜幣聲的壓力下，他只得明快地直說。對方聽後表明已知道此事，下個星期他們就會到達曼，要呂新銘稍安勿躁，在此之前大使無法分身。呂新銘急切地解釋他已彈盡援絕了，生死就這一兩天等不到下個星期。

「下個星期來或者不來，並沒有什麼差別。」他意識到已投完最後一個硬幣，不禁扯著喉嚨吼出：

「下個星期才來，就等著收屍吧！一個台灣年輕人就凍死在達曼街頭上！」剛說完，電話也戛然而止。他楞楞地拿著話筒，再奮力將它掛上。只聽得「卡」的一聲巨響，他拿起話筒再次用力地掛回去，「卡」的一大巨響！於是他一再拿起話筒又一再地用力掛回去，整個電話亭在不斷的「卡卡」聲中震動。隨後他又大力踹電話亭，亭子連同電話機一陣乍響連連晃動著。

他心裡明白宣洩並於事無補，萬一給宗教警察看到了，還得受一頓皮鞭猛打，但他控制不了身體的動作。不知此刻是憤怒還是恐懼主宰了他，外面的陽光耀眼。沒有人會相信，一個台灣青年竟要凍死、餓死在這個街頭上。而他，呂新銘，正遭逢這等生死大事。他想，如果他死了也一定成為厲鬼。做鬼就可以回去了！

警覺到自己竟有如此負面的想法，他不禁一陣寒慄汗毛都豎了起來。良久，情緒較為平穩，他可以明確地感受到憤恨。好吧，在台灣時你們都說有為青年投入貿易前線為國家賺取外匯；現在，則是個別生意人的糾紛大使館管不了。

他在意識不清的狀態下走回旅館，連路過了烤囊餅的小販也渾然不覺。雖然已是進食的時候了，雖然上一次吃囊餅已距離現在整整一天了，但他只想鑽進棉被裡，縮蜷在他的床上。

走回旅館，經過櫃檯逕自走向電梯。櫃檯前那個理平頭的台灣人好像正在辦理什麼東西，他視而不見一心只想回房間，但剛經過櫃檯他就被攔住了。那個接待員似乎要阻止他進入電梯，當他瞥見位於櫃檯後方的辦公室內堆放著他的物品，他陡然明白那接待員在說什麼。

「呂先生，請檢查一下你的衣物。請交出鑰匙，我們房間已經賣給別人了。」他腦中一片嗡嗡聲，突然失去了思考能力兩手胡亂地揮向那接待員。旅館經理聽到拉扯聲，也走了出來。

「呂先生，冷靜點。我勸你交出鑰匙拿了衣物就快走吧。你還欠著房費，警察來了就更不好。」旅館經理說。接著他又想起來什麼似的。「喔，對了。有個叫Grace的女人自稱是你太太，打了很多次電話來，我們都轉上去但你沒有接。」旅館經理彎下腰從櫃檯下面的凹入處遞上了一張3M貼紙。「她留下了口信，要你連絡一位叫張萬成的先生。」

那個理平頭的台灣人原本臉上堆滿了不耐煩的冷漠，但當他警覺到呂新銘正要被趕出旅館時，他立即介入中間，將呂新銘護在身後。

「等等。旅館怎麼可以這樣對待客人呢？」

經理委婉解釋，積欠的房費、要入住的新房客，迫於無奈下之不得已等等。

理平頭的聽後操台語轉向他，說：

「老兄弟，甘有影阿捏？」

他點下頭。整個人似乎還在茫然中恍神。

「甘ㄟ無機票轉去？」理平頭的又問。

他勉強集中心志，娓娓道出護照被扣因此逾期滯留達曼，可盤纏已盡繳不出房費。但公司老董這一兩天就到等等。

「這還不容易，」理平頭換用英文也說給旅館人員聽。「我正要拿保險櫃裡的東西，要回去了。」並揚了揚手裡的鑰匙，會齊館方的另一把鑰匙共同開了保險櫃。經理取出裡面長條形的金屬盒匣，交給了那理平頭的。那理平頭的打開匣蓋，取出回程機票和小疊美鈔。數了八百元交給他，說：

「回台灣，再還我。」

他喜出望外，死裡逃生，沒想到解答就在眼前。他還清積欠旅館的六百元，再繳交兩百元作押金。那理平頭的又另掏出五十元，說：

「這拿去吃飯吧，回台灣再還我。」又說：「你身上都沒有錢也不是辦法，咱們向其他台灣人借吧。這時候，不靠鄉親靠誰？」

理平頭的向旅館要了張Ａ4白紙，又借了筆。在紙上用中文寫著：

呂新銘，517號房。因處理商務糾紛，逾期滯留達曼，盤纏將盡。在外有難，特向鄉親借支。有多少，借多少，返台立還。

立據人：呂新銘

理平頭的要呂新銘在後方寫上台灣地址和電話。

「這樣好嗎？」他有點猶豫拉不下臉來。

「有什麼不好？出門在外，說不好誰有什麼不便。台灣人不互相幫忙，幫誰？」

理平頭的說得理直氣壯。在Ａ4的四個角黏上了膠帶，就貼在電梯前。

理平頭的又幫他把被清出的物品搬回房間。旅館把呂新銘的東西分成了三堆：

掛在衣架上的長短衣褲；裝入塑膠水桶的拖鞋、文具和其他小東西；馱成一堆的樣品和目錄。

當他在房內把諸物一一歸位還原時，發覺少了 Grace 的信件。理平頭的看了他的表情就問還缺少什麼。

「家信。」他一邊忙著將東西妥善歸位一邊歉然地苦笑著。

「我去拿。」那理平頭的頭也不回地匆匆而去。隔會兒，他就轉回來，手上拿著一疊信。

「嫂夫人的字嗎？很娟秀。」

他再三道謝。兩人談了好一會兒，理平頭的才離開。

他坐在房內書桌旁，慎重地在筆記本上記錄下日期、借款人、借款金額，借款人在台灣的地址和電話等。他正想著該不該花錢拍個電報告知公司此事，門鈴卻響了。

他打開了門，門外立著一個高瘦、脖子上掛著項鍊的台灣人，他立刻認出是兩兄弟的弟弟。哥哥不見了，大概已回台灣了。

「呂先生？」同時遞出一只信封，內裝五百元美鈔和一張名片。

「我看到貼在電梯旁的公告，猜想你現在大概有急需，這是五百元美金，希望救得了急。」

呂新銘再三感謝並言明回台灣就還。弟弟笑了笑，拱拱手便離去。

關上門，呂新銘又坐回椅子，拿出筆記本慎重地再記下這一筆，他真不敢相信，平日那些看了就討厭，冷漠的台灣人，在他最最需要時，伸出了手。

這時，電話響了。他看這時候，猜測是公司打來的。這麼巧，他剛要跟他們分享。

他拿起電話，耳旁卻傳來了陌生的台灣國語，

「喂，呂新銘先生嗎？偶是台灣農耕隊的張萬成。大使館介紹偶打電話來的，聽他們說你想租房間。偶有空著的房間可租，一天四十美金包早、晚兩餐，含飲用水。錢在台灣付給偶太太就行了。」

他高興得幾乎要口齒不清。說：

「張先生，有有，太好了。我太太提過，正想給您打電話，何時可去？明天行嗎？」

「叫偶 TONY 就好了。隨時隨時歡迎，偶在這裡正沒伴呢。」

兩人在電話中聊了一下，互相自我介紹。門鈴又響了，呂新銘道歉了一下請TONY稍後，然後去應門。原來是旅館的小僮，給他送上一封電報。

TONY要他先看電報去，再聊。他打開電報，只見短短一行：

「GOT VISAS WILL TAKE FIRST FLIGHT SEE YOU SOON WHEN OFF HOLD ON VINCENT」

（拿到簽證將搭第一班機　下機即見　撐住　文生）

他不可置信讀了又讀。得救了！苦難結束了！突然，他感到肚子好餓，人在發抖，冷汗一粒粒冒出。

這時，房鈴又響了，一個圓臉穿T恤的台灣人立在門外，拿著四百塊里亞爾，有點靦腆地說：

「我只剩下里亞爾，可以嗎？」

呂新銘感謝地迎那人入房，讓那人坐在床沿上。然後慎重地打開書桌的抽屜取出筆記本來，要記下那人的姓名、地址和電話等。

「老哥，請問貴姓、大名？」

「謝式龍。招式的式、龍鳳的龍。」

此時呂新銘的冷汗冒得愈發嚴重，襯衫的背部都濕了。來人注意到呂新銘手在發抖，寫不直一行字，就關懷的詢問呂新銘患了什麼病。

「沒有、沒有。」呂新銘羞赧地解釋其實是肚子餓極了，昨天到現在只吃了兩塊囊餅。

呂新銘一邊解釋，一邊額上的冷汗一粒粒地滴落。

「這是胃痙攣，很難受的。」謝式龍兩手作勢要把呂新銘推出去。「快去吃點東西吧。快去、快去！」

他真的推了呂新銘一把並說：「我替你記下，我家的地址我比你還熟悉。放心，我會記得比你好，記錯了你就不用還了！」

但呂新銘表示等會兒只怕還有人會來，怕辜負了急難中特來相助的鄉親的好意，所以一時走不開。

「放心，有我謝式龍在，幫你收幫你寫，保你一切妥當。快去吃飯！不要病倒了！」語畢，就把呂新銘大力往外直推。

「既然如此，我也是真餓壞了，那就麻煩你。」呂新銘道了謝，搭電梯下去時才猛然想起並不認識那人。連他叫什麼名字都還沒記熟，卻將一切交給了他。

坐入咖啡廳，呂新銘跟侍者點了一瓶水、一杯酸奶、一份羊肉燉飯、一份法國香雞、一份烤牛肉，以及一盤生菜沙拉。他要大吃一頓。吃到撐。苦難結束了！

他安全了！

26

我走出辦公區去見呂新銘的太太時，隱隱懷抱著老天有眼的快意。當步向她時才發覺是位年輕的女孩，跟「太太」這個固定形象有著讓人措手不及的反差。當她站起身時，我可感受到她那不卑不亢的態度。

剛開始時，我有著「活該，關我屁事。」的幸災樂禍心態，後來覺得那 Grace 不但帶有俠氣並且很看重我，就正經了起來。後來打電話去找張萬成時好像是為自己辦事，當張萬成說吃住個幾天應該沒問題時，我竟然感到一種如釋重負的輕鬆。

過後，收到了一張 Grace 寄來的謝卡。娟秀的字跡。眼簾前再次呈現她那英姿颯爽的模樣，但願她一切安好，我對她有著難以形容的敬意。呂新銘應該已歷劫歸來了，我想或許打個電話給他表示關心之意。乍接起電話之際，呂新銘大概沒意料到在台北的現實生活中還會出現中東空間的人，尤其是由我這位被逐出市場的菜鳥打來的，因而談吐間顯得有點提防。去電之前，本以為呂新銘會感激涕零的致謝，還因此預擬了一些謙辭備為場面話，孰料整段通話中呂新銘完全沒提到張萬成這個人，更遑論跟我致謝。好幾次想詢問又怕有邀功之嫌，我到了嘴邊的話硬生生吞了回去。直到今天，我仍不知張萬成在當時是否做了些什麼。

後來，離開了達鋒公司因緣際會自行創業了。我從事建材雜貨的掮客買賣，但進不了大市場只能賣到像南太平洋群島之類的零碎地方。然而，市場雖零碎，可利潤穩定客戶友善，日子過得倒也優渥，如此年復一年，我已習於閒適的生活，中東時期的豪情壯志幾乎快要消磨殆盡了。阿拉伯曾有的經歷，好像是上一輩子的事情。直到有一天，從朋友聊天中才知道甚至連允杉公司都已經倒閉了！原來，李董去了達曼為了拿回呂新銘的護照，不得已在簽證到期的前一天，簽下了份文件承認出貨前曾寄了十二片出貨樣品到達曼給工程甲方。這個案子，因此上了達曼簡易法庭。允杉原本希望案子給倫敦審判，拖它個兩年，沒想到為了救出呂新銘而被呈上達曼簡易法庭，速審速決。呂新銘在簽證就將到期的最後一天拿回護照，即刻就得離開沙國，但那天的航班沒飛到任何他有簽證可進入的國家，也沒回台灣的，呂新銘只得改穿阿拉伯長袍圍著阿拉伯頭巾，坐上長途巴士穿越真正的沙漠，九死一生的在最後幾個小時，離開了沙國的邊境。傳聞說呂新銘在檢查站受到了騎兵的刁難，差一點回不來。幸好，身旁的阿拉伯旅客救了他。

這個消息喚醒了沉潛的危機意識。多年前我曾被人用詐術踢出了中東。將來會不會有另一個人闖入現在的市場？屆時，別人大軍壓境，我又憑什麼資源來堅守？

然而，美方一個自大的錯誤卻改變了整個產業的命運。我每年都例行參加芝加哥的商展。當台灣廠商的展出觸及到核心利益時，一家美國大集團跳了出來，用專利問題以訟止戰。在那遙遠的年代，台灣廠商因雙方實力懸殊太大，紛紛放棄以求和解。只有我，因退無可退，只得在芝加哥法庭應訟到底。這場纏訟，把我弄得筋疲力竭，經過兩年的攻防，就在快要傾家蕩產、彈盡援絕之際，芝加哥法庭傳來了勝訴的判決。這時，一直默默在旁觀戰的美國買家開始叫好。這才明白我無意間打破了一個長久獨占的局面。突然之間，我做進了美國市場，一個全世界最富庶的單一市場！

只是很快我就認知到必須在兩項中做一個選擇。一邊是經營多年利潤穩定的零碎小市場；另一邊則是剛立定腳跟的大市場。兩個都要，意味著兩個市場都會失去。我在權衡之下，決定放棄利潤穩定的零碎市場的牽絆，好空下手來專心去耕耘前途未卜的大市場。

在一個初秋的午後，寫了一份情切的通知給我往來多年的客戶，說明由於今後要專精於閥類因此無法再繼續提供建材雜貨的服務。我用 telex 送出這封信，當 telex 的帶子在機座上跑時，發出滴滴答答的聲響面板上顯示出不能再繼續服務的內容，我知道經過多年努力而創造出來的營收就會隨這份 telex 而去，一切終將歸零。那時，第二個兒子剛剛出生，第十二位員工剛剛招募，五年來辛苦建立的根基都將隨那滴答而去的 telex 化為烏有。

我的眼光，穿過窗戶望向遙遠的山巒，只見暮色已四起一片蒼茫，金色的斜陽無力地映照著。

孩子，你的命運會是什麼？我在心裡默問著那才剛來人世數日的兒子。

27

在這個失眠的夜，又想起了他，年少時的標竿。夜已深沉，服了安眠藥等著睡意來襲。明早在裕元酒店的多功能廳有個大型會議要致詞，關於二〇一五年的展望。從小兒子的房間就可遙望裕元酒店，當然孩子都大了且有了自己的家。繞過另一邊，是大兒子的房間，裡面還放著他舊日的東西，仍算是他的房間吧，雖然他真正的家已經在美國了。從水晶瓶裡倒出少許的酒液，琥珀的顏色映著燈光，亮出了剔透的透明度。用掌心溫熱，濃稠的液汁沿著杯緣緩緩流下，拉出一道道的長痕。仰起頭，喝了一口。眼前的惠來路，拔地而起櫛比的高樓參差錯落著。還記得台中七期剛發展時野狗成群，怎麼一下子十多年就這樣過去了，現在的七期充滿了都會的洋氣。而當時的成群的流浪狗呢？高樓對海，余光中的詩吧。但從這裡看不到海，海洋在幾公里外，可是打開窗戶吹拂而過的風卻夾雜著海的味道。

該睡了，明早要有好精神呢。把杯裡的餘酒一飲而盡，但仍無睡意。這是我的生活：會議、會議、還是會議，整天身旁都圍繞著不同的人事物，直到夜深人靜的失眠時刻才又有了自己。思緒雖如潮但也需要睡眠，我又倒了點酒用掌心溫熱，琥珀色的酒液映著燈光發出光澤，在玻璃杯裡晃動並透出一股香味。今晚有多少失眠人，站在落地窗前看著前面的窗？每扇窗後都隱藏著一個人生故事吧。前面高樓的窗口都暗著燈，只有紅綠燈仍在十字路口鮮亮的轉換著。一種夜已深沉的寧靜。

有輛海藍色的 BMW 重機停在十字路口等綠燈，看身形似乎是個年輕的女性，全身裹著緊身皮質車裝帥氣的很，但未及幾秒重機見四下無人也無車就闖過紅燈，揚長而去。稍後，另外三輛重機，也無視於紅燈疾馳而過。想必是追逐前面的那輛。心想這些追逐應只是朋輩間的嬉鬧吧！

但在那個大雪夜，漢朝的將軍整夜追趕單于就不是嬉戲了。那漢朝的將軍，率著十騎，都卸下了盔甲以減輕重量追逐趁夜遁逃的單于。將軍胯下騎著大宛進貢的汗血馬，手上還套著另一匹棗紅色毛皮，油光閃亮的戰馬。兩匹馬，八個蹄子，像波浪一般有節奏地上下起伏，往前飛奔。緊跟在其後的幾個從家鄉帶出來的勁士，也是一人兩馬，伏在馬背上八蹄翻飛地往前趕。每當坐騎慢了下來，他們當下就從馬背上縱身換馬。十個人二十四馬在大雪夜，追過荒原、追上雪丘，一程又一程。愈來愈往西北去。

單于頸上裹著紅領巾，在風裡飛揚，隨著奔馬的起伏，遠望像極了一團翻湧的紅霧。令人想起了那顆被詛咒的紅寶石，在晶瑩剔透的寶石心內翻滾著一股濃紅的煙霧，人見人癡狂難以自拔。唯一可以破解魔咒的方法，就是丟開它。

這場大雪夜亦步亦趨的追逐。那將軍追的是國仇家恨、功名利祿。而他，年少的標竿啊！終其一生，也在追著他的單于，至死不悔。他是如此投入，甚至穿著阿拉伯長袍，用頭巾的下襬包覆著口鼻，搭上穿行過沙漠的長途巴士趕在午夜之前離開沙國的邊境。阿拉伯語的交談能力救了他，穿越沙漠途中好幾次他被檢查哨的騎兵盤查，都是身旁的阿拉伯人幫了他。

南港的房子呂新銘終究沒買成，換住到了高雄鹽埕區，在中山大學的腳下。

想想自己又何嘗不是呢？這一輩子的奔逐，所為何事？

年輕時所在意追尋的，都已實現了。我的價值已經呈現了。沒有以前的我，家人的命運要被重寫；沒有現在的我，什麼事都不會改變。家人的生活照常，公司的營運照舊，好像留在沙灘的腳印，風吹過就沒有曾經的痕跡。我想起年輕時在沙烏地的那一個辯論存在主義的夜晚，我想起當時四人得出的結論就是存在的價值必須藉由旁人才能定義。

雖然價值必須經由他人才能定義，但是存在的意義呢？世間的一切都是變異的，再偉大的功業也經不起時間的流淌。期盼握住一個恆久不消逝的東西，在此轉瞬就腐朽的世界裡是個可笑的念頭。從宇宙的廣度來看，有沒有地球其實並沒有什麼差別；以地球數十億年的生命光譜來說，人類的七十年對它而言就跟飛蛾的七天一樣，也沒什麼差別。但是這七十年就是人類的一切，不因七十年短而不重要，也不因七十年後就會毀壞而放棄追尋。就像飛蛾在七天裡活過它的一生，這七天或許對人類沒什麼價值，但對飛蛾本身卻意義不凡。因此人雖明知今日的作為明天過後終將毀損，仍該執著不悔地追逐。因此在作為的當下，就有永恆的意義了。

雪把那將軍的刀和弓都覆蓋了。同樣的大雪也曾落在我創業初期的芝加哥。那時的我，經常站在寓所的落地窗眺望眼前的密西根湖。那個下大雪的晚上，湖面黑沉沉連零星的漁火都被無邊的黝暗吞噬了。近傍處映著大樓的燈光，可見到斜落的雪線，從三十三樓的窗口往右下看 Navy Pier 籠罩在大雪中已無人跡，只有猶亮著燈的摩天輪寂寞地立著。仍然記得那些孤單的夜晚，沒人聞問。獨自一人在 Navy Pier 無所事事的閒蕩，直到遊客散盡。夜復一夜，終於年華老去。如今想來，當時並不覺得徬徨無依，或許是全心全意只專注在競逐上，眼前只有一條路了！

但那夜的雪下得好大，蘊含著水氣的冰雪傾盆而降，除了雪落下的沙沙聲四周一片寂然。漢朝的將軍在後追趕了幾個時辰後，開始疑惑了起來，為什麼還沒見到單于的蹤影？莫非追錯了？但是去漠北的路也只有這麼一條，心裡雖然疑惑著，卻不敢表露出來。一則怕壞了軍心；二則竟然是怕弱了自己的信心。奔騎追上了盤旋的山道，將軍讓胯下坐騎盡量貼緊山壁跑不讓牠看到右側的山崖，右手仍拉住那匹在後空跑的戰馬。在迴旋上坡時，突覺手腕一沉，耳旁響起積雪鬆落的聲音和戰馬的悲鳴。將軍突覺身子向後猛倒，差點被扯下了馬。他趕緊用腰力挺住，在疾馳的馬背上穩住重心。然後專注在一呼一吸上，藉此調勻怦怦直跳的心。

之前將軍還須藉不斷地反覆揣摩單于的困境，來鼓舞自己的鬥志。而此刻他已經不再去想追對或追錯這個問題，眼前只有一條路不論是對或錯都再無疑慮。胯下的大宛馬似乎感受到將軍的意志，緊貼著山壁一路往上奔跑。

就在乍出曲道的剎那，將軍突見前方紅雲一閃，原來是那單于裹在頸上的紅領巾隨著快奔的馬在風裡招展。單于在山道的另一頭正要轉入山腹，轉瞬就要被彎道再次遮蔽住了。像反射動作一樣，將軍立刻反身取弓、右手搭箭，雙腿夾緊馬腹，將軍好像端坐在浪頭上一樣，順著馬背上下顛簸著。他伸臂拉弓瞄準單于，屏住呼吸輕輕地鬆指放箭。這些都發生在電光石火的剎那，卻宛若瞬間停下了時間。箭矢飛穿過密集落下的大雪，平穩射出。

而自己，也在追趕，是如此專注地只聚焦在前方跑道上領先的身影。從後緊追，不知過了多少時日，似乎聽到了前方跑者急促的喘息聲。心想我非趕上不可，以前被踢出了中東的憂悸猶在，可今後我再也不要失去任何市場。我一定要追趕上！我一定不要再擔憂！在下一個跑道上，我就可跟他並肩了，然後我就要超過了他，超過了他！然而漫天落下的雪覆蓋住跑道，也遮蔽了視線。颯爾，前方的身影，消失在紛飛的大雪中。

失去了定位用的標竿，我在白茫茫的雪霧中迷失了方向。

單于閃入彎道，箭矢直直地插進山壁，將軍立刻拋下了弓，隨手拔出砍刀並且用腳跟大力揉搓馬腹。大宛馬彷若瘋了，鼓足氣，四蹄不著地的在狹窄的山道上飛奔。那將軍像站立在浪頭上一般的飛趕到彎道，高舉著砍刀心想即將就要追上單于了，追到的那刻要用臂力連同前傾的上身一刀砍向單于。單于雖會舉刀招架，可是力道擋不住他的衝力，他將一刀砍下單于的首級連帶臂膀的上半身。將軍發出大吼衝入彎道，可是彎道後竟是一片空蕩蕩。長長的山道，不見任何的身影，只有沙沙的落雪聲伴隨著大吼的裊裊回音。那將軍不可置信的勒馬，觀看。持刀的右臂沉沉的下垂，像是洩了氣的皮球。

那個大雪夜將軍終究沒能追上單于。幾年後匈奴再來犯邊，這次換成將軍慘敗被俘，而後也像前次的單于一樣趁夜逃回。事實上，在這同一條通往漠北的路上，將軍的兒子，他兒子的兒子，三代人都做過相似而徒然的事。在這條路上，三代人都追過不同的單于也逃過不同的單于，追追逃逃重複著一樣的故事。這場漢匈戰爭一共打了一百三十年才結束。

七期的夜特別的深沉，只有橘黃的霧燈一盞盞在街路旁通宵地立著。在睡意來襲之前，我趁機把明日的講稿再默誦一遍。雖然明知，幾個月之後將會有另外一個人開始準備「二〇一六年的展望」的講稿。明年此時，二〇一五年就再也沒人聞問了，儘管如此明天我還是會把我的二〇一五年認真地講好。

我不禁想問假如那漢朝的將軍能夠重來一遍，那個大雪的夜他還會去追單于嗎？我想他會！

假如能夠再重來一遍，呂新銘你還會選擇過一樣的生活嗎？離鄉背井去追逐天邊翻湧的紅雲嗎？用詐術再把我趕出商街插上你的旗幟嗎？

我想你會！就像那漢將一樣，不管追對或追錯眼前只有一條路。

而我呢？如果能夠重來一遍，我會做一樣的事選擇一樣的路？

我想我會！世間所有的事物在時間的洪流裡終將消失成空，唯有努力改變現況的感動，留下了意義。

我仰頭飲盡了杯中的酒。你會同意我的推論嗎？在如此寂靜的深夜裡，你感受得到嗎？

呂新銘，你在何方？

INK PUBLISHING 文學叢書 493

曾經的年代

作　　者　歐陽明
總 編 輯　初安民
責任編輯　黃子庭
美術編輯　林麗華
校　　對　黃子庭　歐陽明　宋敏菁

發 行 人　張書銘
出　　版　INK印刻文學生活雜誌出版有限公司
新北市中和區建一路249號8樓
電話：02-22281626
傳真：02-22281598
e-mail：ink.book@msa.hinet.net
網　　址　舒讀網http：//www.sudu.cc

法律顧問　巨鼎博達法律事務所
施竣中律師
總 代 理　成陽出版股份有限公司
電話：03-3589000（代表號）
傳真：03-3556521
郵政劃撥　19000691 成陽出版股份有限公司
印　　刷　海王印刷事業股份有限公司

港澳總經銷　泛華發行代理有限公司
地　　址　香港新界將軍澳工業邨駿昌街7號2樓
電　　話　(852) 2798 2220
傳　　真　(852) 2796 5471
網　　址　www.gccd.com.hk

出版日期　2016年7月　初版
ISBN　978-986-387-099-9

定　價　260元

國家圖書館出版品預行編目資料

曾經的年代／歐陽明 著；
--初版，--新北市：INK印刻文學,
2016. 07 面；14.8x21 公分（文學叢書；493）
ISBN 978-986-387-099-9（平裝）

857.7　　105006987